# VŒU NATIONAL AU SACRÉ-CŒUR

# Cérémonie du Baptême

DE

## FRANÇOISE MARGUERITE DU SACRÉ-CŒUR

**20 NOVEMBRE 1895**

LA SAVOYARDE

A LA GARE DE LA CHAPELLE, A PARIS

Mercredi 20 Novembre 1895, à 2 heures

# Baptême de la Savoyarde

PAR

SON EMINENCE LE CARDINAL RICHARD

ARCHEVÊQUE DE PARIS

✛

*Parrain :* Mgr HAUTIN, archevêque de Chambéry
*Marraine :* Madame la comtesse de BOIGNE

## PROGRAMME

### A LA BASILIQUE

Le Clergé prendra place dans le chœur avec Nos Seigneurs les Evêques et le Chapitre de la métropole, ou bien aux places réservées près du banc-d'œuvre.

La marraine et ses invités, les représentants des diocèses de la Savoie. Le Comité du Vœu national et ses invités tiendront place dans l'*avant-nef, entrée rue de la Barre*, 35.

Les pèlerins de la Savoie et les autres personnes munies de cartes se placeront en face de la chaire dans la grande nef, et la nef, côté de l'Epître, *rue de la Barre*, 33.

Le public entrera par la porte ordinaire et se placera dans la nef, côté de l'Evangile.

A 2 heures : Entrée solennelle du Clergé. Morceau par l'harmonie des Frères de S. Jean de Dieu : 1re partie de *La cloche du Sacré-Cœur*, poème symphonique en six parties. Musique d'Alfred Josset.

1re Partie : *Laudo Deum verum.* — Je loue le vrai Dieu,
2e partie : *Populum voco.* — J'appelle le peuple.
3e partie : *Congrego clerum.* — Je convoque le clergé.

4e partie : *Defunctos ploro.* — Je pleure les morts.
5e partie : *Fugo fulmina.* — Je chasse la foudre.
6e partie : *Festa decoro.* — Je relève la pompe.

Cantique sur le baptême de la *Savoyarde*, musique par M. l'abbé Geispitz, maître de chapelle de Notre-Dame.

2e partie du poème symphonique de M. Josset : *Populum voco.*

Sermon par le R. P. Monsabré, l'illustre conférencier de Notre-Dame, le premier prédicateur du Vœu National.

3e partie du poème symphonique : *Congrego clerum.*

Cantique sur la *Savoyarde*, musique de M. Mullet, maître de chapelle de la Basilique de Montmartre.

## A la Cloche

Le clergé et tous ceux qui auront des billets de tribune passeront par la sacristie pour se rendre à la cloche.

Les autres personnes ayant des cartes se rendront à la cloche par la porte, *côté de l'Epître.* Le public sortira par la grande porte.

Pendant que l'on enlèvera l'aube de dentelles, offerte par Mme la comtesse de Boigne, marraine.

5e partie du poëme symphonique : *Fugo fulmina*, je chasse la foudre.

Bénédiction de la *Savoyarde*.

Allocution de M. l'abbé Brettes, chanoine de la Métropole, premier prédicateur, sur le chantier de Montmartre.

Chant par la foule : *Cor Jesu sacratissimum, miserere nobis* (trois fois).

Bénédiction solennelle de la foule par S. G. le cardinal Richard, archevêque de Paris.

Distribution de dragées par S. E. Monseigneur de Chambéry, parrain.

6e partie du poème symphonique : *Festa decoro*, je relève la pompe des cérémonies.

Son de la *Savoyarde* à la volée.

Chant de cantiques par la foule.

DIMANCHE 24 NOVEMBRE A 3 HEURES

# FÊTE POPULAIRE

DE

# LA SAVOYARDE

**Présidée par Monseigneur l'Archevêque de CHAMBÉRY**

Son Éminence le cardinal Richard, archevêque de Paris, ayant le désir de faire plaisir aux Savoyards de Paris occupés pendant la semaine et au peuple travailleur de Paris qui s'est montré si sympathique à l'arrivée de la *Savoyarde*, nous a permis de faire une fête populaire le dimanche 24 novembre.

## PROGRAMME

1° *Entrée*, par l'Harmonie du cercle du Sacré-Cœur;
2° *Magnificat;*
3° Cantique de la *Savoyarde*, par M. Mullet, maître de chapelle du Sacré-Cœur;
4° Sermon sur *la cloche du Sacré-Cœur*, par M. l'abbé Pillet, du diocèse de Chambéry, professeur à l'Université catholique de Lille;
5° Salut solennel;
6° Visite à la *Savoyarde;*
Morceau d'Harmonie;
Cantique de la *Savoyarde;*
Allocution;
Son de la *Savoyarde, à la volée,*
Distribution de dragées et d'images de la *Savoyarde;*
Un morceau d'Harmonie.

# PRIÈRES ET CÉRÉMONIES

DU

# BAPTÈME DE LA CLOCHE

Son Éminence s'assied à son fauteuil et dit avec ses ministres les psaumes suivants :

### Psaume 50

Miserere mei, Deus, secundum magnam misericordiam tuam,

Et secundum multitudinem miserationum tuarum dele iniquitatem meam.

Amplius lava me ab iniquitate mea : et a peccato meo munda me.

Ayez pitié de moi, ô Dieu, selon votre grande miséricorde,

Et, selon la multitude de vos bontés, effacez mes iniquités.

Lavez-moi de plus en plus de ma souillure, et purifiez-moi de mon péché.

Parce que je connais mon iniquité, et que j'ai toujours mon péché devant les yeux.

Quoniam iniquitatem meam ego cognosco : et peccatum meum contra me est semper.

J'ai péché devant vous seul, et j'ai fait le mal en votre présence, en sorte que vous soyez reconnu juste dans vos paroles, et que vous soyez victorieux lorsque vous serez jugé. (*Rom.*, III, 4.)

Tibi soli peccavi, et malum coram te feci : ut justificeris in sermonibus tuis, et vincas cum judicaris.

Car j'ai été formé dans l'iniquité et ma mère m'a conçu dans le péché.

Ecce enim in iniquitatibus conceptus sum : et in peccatis concepit me mater mea.

Mais vous avez aimé la vérité, et vous m'avez révélé les secrets et les mystères de votre sagesse.

Ecce enim veritatem dilexisti : incerta et occulta sapientiæ tuæ manifestasti mihi.

Vous m'arroserez avec l'hyssope, et je serai purifié; vous me laverez et je deviendrai blanc comme la neige.

Asperges me hyssopo et mundabor : lavabis me, et super nivem dealbabor.

Vous me ferez entendre une parole de consolation et de joie, et mes os humiliés tressailliront d'allégresse.

Auditui meo dabis gaudium et lætitiam : et exultabunt ossa humiliata.

Détournez votre face de dessus mes péchés, et effacez toutes mes iniquités.

Averte faciem tuam a peccatis meis : et omnes iniquitates meas dele.

Créez en moi, ô Dieu, un cœur pur, et renouvelez en moi un esprit droit dans mes entrailles.

Cor mundum crea in me, Deus : et spiritum rectum innova in visceribus meis.

Ne me rejetez pas de devant votre face, et ne retirez pas de moi votre Esprit-Saint.

Ne projicias me a facie tua : et spiritum sanctum tuum ne auferas a me.

Rendez-moi la joie que donne votre salut, et fortifiez-moi par votre esprit souverain.

Redde mihi lætitiam salutaris tuis : et spiritu principali confirma me.

J'enseignerai vos voies aux méchants et les impies se convertiront à vous.

Docebo iniquos vias tuas et impii ad te convertentur.

Délivrez-moi du sang, ô mon

Libera me de sanguinibus,

Deus, Deus salutis meæ : et exultabit lingua mea justitiam tuam.

Domine, labia mea aperies : et os méum annuntiabit laudem tuam;

Quoniam si voluisses sacrificium, dedissem utique : holocaustis non delectaberis :

Sacrificium Deo spiribus contribulatus : cor contritum et humiliatum, Deus, non despicies.

Benigne fac, Domine, in bona voluntate tuo Sion : ut ædificentur muri Jerusalem :

Tunc acceptabis sacrificium justitiæ; oblationes et holocausta : tunc imponent super altare tuum vitulos.

Gloria Patri, *à la fin de tous les Psaumes.*

Dieu, Dieu de mon salut, et ma langue célèbrera votre justice par des cantiques de joie.

Seigneur, vous ouvrirez mes lèvres et ma bouche publiera vos louanges ;

Parce que, si vous aviez voulu un sacrifice, je n'aurais pas manqué de vous en offrir, mais les holocaustes ne vous sont pas agréables ;

Le sacrifice qui plaît à Dieu est un esprit brisé de douleur : vous ne mépriserez pas, ô mon Dieu ! un cœur contrit et humilié.

Seigneur, dans votre bonté, traitez favorablement Sion, et qu'on voie s'élever Jérusalem :

Alors vous agréerez un sacrifice de justice, les oblations et les holocaustes : alors on chargera votre autel de victimes.

Gloire au Père, etc.

## Psaume 53

Deus, in nomine tuo salvum me fac : et in virtute tua judica me.

Deus, exaudi orationem meam : auribus percipe verba oris mei,

Quoniam alieni insurrexerunt adversus me, et fortes quæsierunt animam meam : et non proposuerunt Deum ante conspectum suum.

Sauvez-moi, ô Dieu, par votre nom, et faites-moi justice par votre puissance.

O Dieu ! exaucez ma prière ; prêtez l'oreille aux paroles de ma bouche,

Parce que des étrangers se sont élevés contre moi ; des ennemis puissants ont cherché à m'ôter la vie, et ils ne se sont point proposé Dieu devant les yeux.

Mais voilà que Dieu prend ma défense, et que le Seigneur se déclare le protecteur de ma vie.

Ecce enim Deus adjuvat me : et Dominus susceptor est animæ meæ.

Faites retomber les maux sur mes ennemis, et exterminez-les selon la vérité de votre parole.

Averte mala inimicis meis : et in veritate tua disperde illos.

Je vous offrirai volontairement un sacrifice, et je louerai votre nom, Seigneur, parce qu'il est votre véritable bien.

Voluntarie sacrificabo tibi, et confitebor nomini tuo, Domine : quoniam bonum est.

Car vous m'avez délivré de toutes mes afflictions, et mon œil a jeté un regard d'assurance sur mes ennemis.

Quoniam ex omni tribulatione eripuisti me : et super inimicos meos despexit oculus meus.

## Psaume 56

Ayez pitié de moi, ô Dieu, ayez pitié de moi, parce que c'est en vous que mon âme a mis sa confiance.

Miserere mei, Deus, miserere mei : quoniam in te confidit anima mea.

Et j'espèrerai à l'ombre de vos ailes jusqu'à ce que l'iniquité soit passée : je crierai très haut vers le Dieu qui m'a comblé de bienfaits.

Et in umbra alarum tuarum sperabo, donec transeat iniquitas : clamabo ad Deum altissimum, Deum qui benefecit mihi.

Dieu a envoyé sa miséricorde et sa vérité :

Misit Deus misericordiam suam, et veritatem suam ;

Il a envoyé du secours du haut du ciel, et il m'a délivré ; il a couvert d'opprobre ceux qui me foulaient aux pieds.

Misit de cœlo, et liberavit me : dedit in opprobrium conculcantes me.

Et il a arraché mon âme du milieu des petits lions ; j'ai dormi plein de trouble.

Et eripuit animam meam de medio catulorum leonum : dormivi conturbatus.

Filii hominum dentes eorum arma et sagittæ : et lingua eorum gladius acutus.

Les enfants des hommes ont des dents comme des armes et des flèches, et leur langue est un glaive très aigu.

Exaltare super cœlos, Deus : et in omnem terram gloria tua.

Élevez-moi, ô Dieu! au-dessus des cieux, et que votre gloire éclate dans toute la terre.

Laqueum paraverunt pedibus meis et : incurvaverunt animam meam.

Ils ont caché un piège sous mes pas et ils ont tenu mon âme toute courbée.

Foderunt ante faciem meam foveam : et inciderunt in eam.

Ils ont creusé une fosse devant mes yeux et ils y sont eux-mêmes tombés.

Paratum cor meum, Deus, paratum cor meum; cantabo et psalmum dicam.

Mon cœur est prêt, ô mon Dieu, mon cœur est préparé; je chanterai et je vous célèbrerai dans mes cantiques au son des instruments.

Exsurge, gloria mea; exsurge, psalterium et cithara : exsurgam diliculo.

Levez-vous, ma gloire, réveillez-vous, ma harpe et ma lyre, je me lèverai dès l'aurore.

Confitebor tibi, in populis Domine : et psalmum dicam tibi in gentibus :

Je vous louerai, Seigneur, au milieu des peuples, et je chanterai votre gloire parmi les nations.

Quoniam magnificata est usque ad cœlos misericordia tua et usque ad nubes veritas tua.

Parce que votre miséricorde s'est élevée jusqu'aux cieux et votre vérité jusqu'aux nuées.

Exaltare super cœlos, Deus, et super omnem terram gloria tua.

Elevez-vous, ô Dieu! au-dessus des cieux, et que votre gloire éclate dans toute la terre.

## Psaume 66

Que Dieu ait pitié de nous et nous bénisse, qu'il fasse briller sur nous la lumière de son visage, et qu'il ait pitié de nous ;

Deus misereatur nostri, et benedicat nobis : illuminet vultum suum super nos, et misereatur nostri ;

Afin que nous connaissions votre voie sur la terre et votre salut chez toutes les nations.

Ut cognoscamus in terra viam tuam : in omnibus gentibus salutare tuum.

Que les peuples, ô Dieu, publient vos louanges ; que tous les peuples vous louent.

Confiteantur tibi populi, Deus : confiteantur tibi populi omnes.

Que les nations se réjouissent et tressaillent d'allégresse, parce que vous jugez les peuples dans l'équité, et que vous conduisez dans la droiture les nations de la terre.

Lætentur et exultent gentes : quoniam judicas populos in æquitate, et gentes in terra dirigis.

Que les peuples, ô Dieu, publient vos louanges ; que tous les peuples vous glorifient.

Confiteantur tibi populi. Deus : confiteantur tibi populi omnes :

La terre a donné son fruit ;

Terra dedit fructum suum.

Que Dieu, que notre Dieu nous bénisse.

Benedicat nos Deus, Deus noster.

Que Dieu nous bénissse, et qu'on le craigne jusqu'aux extrémités de la terre.

Benedicat nos Deus : et metuant eum omnes fines terræ.

## Psaume 69

Venez à mon aide, ô mon Dieu ; hâtez-vous, Seigneur, de me secourir.

Deus, in adjutorium meum intende : Domine, ad adjuvandum me festina.

Confundantur et revereantur, qui quærunt animam meam : avertantur retrorsum et erubescant, qui volunt mihi mala :

Qu'ils soient confondus et couverts de honte, ceux qui cherchent à m'ôter la vie; qu'ils retournent en arrière et qu'ils rougissent, ceux qui veulent m'accabler de maux.

Avertantur statim erubescentes, qui dicunt mihi : Euge, euge.

Qu'ils s'en retournent aussitôt en rougissant ceux qui me disent : Triomphe! triomphe!

Exultent et lætentur in te omnes qui quærunt te, et dicant semper ; Magnificetur Dominus; qui diligunt salutare tuum.

Mais que tous ceux qui vous cherchent se réjouissent en vous et soient transportés de joie; et que ceux qui aiment le salut qui vient de vous disent sans cesse : Que le Seigneur soit glorifié dans sa grandeur!

Ego vero egenus et pauper sum : Deus, adjuva me.

Pour moi, je suis pauvre et dans l'indigence, ô Dieu, aidez-moi.

## Psaume 85

Inclina, Domine, aurem tuam, et exaudi me : quoniam inops et pauper sum ego.

Inclinez, Seigneur, votre oreille, et exaucez-moi, parce que je suis pauvre et dans l'indigence.

Custodi animam meam, quoniam sanctus sum : salvum fac servum tuum, Deus meus, sperantem in te.

Gardez mon âme, parce que je suis saint; sauvez, mon Dieu, votre serviteur qui espère en vous.

Miserere mei, Domine, quoniam ad te clamavi tota die :

Ayez pitié de moi, Seigneur, parce que j'ai crié vers vous tout le jour.

Lætifica animam servi tui, quoniam ad te, Domine, animam meam levavi.

Répandez la joie dans l'âme de votre serviteur, parce que j'ai élevé mon âme vers vous, Seigneur.

Parce que vous êtes, Seigneur, rempli de douceur et de bonté, et riche en miséricorde sur tous ceux qui vous invoquent.

Quoniam tu, Domine, suavis et mitis : et multæ misericordiæ omnibus invocantibus te.

Prêtez l'oreille, Seigneur, à ma prière ; soyez attentif à la voix de ma supplication.

Auribus percipe, Domine, orationem meam : et intende voci deprecationis meæ.

J'ai crié vers vous au jour de mon affliction, parce que vous m'avez exaucé.

In die tribulationis meæ clamavi ad te : quia exaudisti me.

Nul n'est semblable à vous parmi les dieux, et il n'est rien de comparable à vos œuvres.

Non est similis tui in diis, Domine : et non est secundum opera tua.

Toutes les nations que vous avez créées viendront se prosterner devant vous, Seigneur, et vous adorer ; et elles rendront gloire à votre nom ;

Omnes gentes quascumque fecisti venient, et adorabunt coram te, Domine : et glorificabunt nomen tuum ;

Parce que vous êtes grand, que vous faites des prodiges, et que vous seul êtes Dieu.

Quoniam magnus es tu, et faciens mirabilia : tu es Deus solus.

Conduisez-moi, Seigneur, dans votre voie, et je marcherai dans votre vérité ; que mon cœur se réjouisse, afin qu'il craigne votre nom.

Deduc me, Domine, in via tua : et ingrediar in veritate tua : lætetur cor meum ut timeat nomen tuum.

Je vous louerai de tout mon cœur, Seigneur mon Dieu, et je glorifierai éternellement votre nom.

Confitebor tibi, domine Deus meus, in toto corde meo, et glorificabo nomen tuum in æternum ;

Parce que votre miséricorde est grande envers moi ; et que vous avez retiré mon âme du plus profond de l'abîme.

Quia misericordia tua magna est super me : et eruisti animam meam ex inferno inferiori.

Les méchants, ô mon Dieu, se sont élevés contre moi ; et l'assemblée des puissants a cherché à m'arracher la vie, et ils ne vous ont pas eu présent devant les yeux.

Deus, iniqui insurrexerunt super me, et synagoga potentium quæsierunt animam meam : et non proposuerunt te in conspectu suo.

Et tu, Domine, Deus miserator et misericors, patiens, et multæ misericordiæ, et verax.

Mais vous, Seigneur, vous êtes un Dieu compatissant et clément; vous êtes patient, prodigue de miséricorde et fidèle dans vos promesses.

Respice in me, et miserere mei; da imperium tuum puero tuo : et salvum fac filium ancillæ tuæ.

Jetez un regard sur moi, et ayez pitié de moi; donnez votre puissance à votre serviteur, et sauvez le fils de votre servante.

Fac mecum signum in bonum, ut videant qui oderunt me, et confundantur : quoniam tu, Domine, adjuvisti me, et consolatus es me.

Faites éclater quelque signe en ma faveur, afin que ceux qui me haïssent le voient, et qu'ils soient confondus, parce que c'est vous, Seigneur, qui m'avez secouru, et que vous m'avez consolé.

## Psaume 129

De profundis clamavi ad te Domine : Domine, exaudi vocem meam.

Des profondeurs de l'abîme, j'ai crié vers vous, Seigneur : Seigneur, écoutez ma voix.

Fiant aures tuæ intendentes, in vocem deprecationis meæ :

Que vos oreilles se rendent attentives à ma voix suppliante.

Si iniquitates observaveris, Domine : Domine, quis sustinebit?

Si vous considérez, Seigneur, nos iniquités, Seigneur, qui pourra subsister devant vous ?

Quia apud te propitiatio est : et propter legem tuam sustinui te, Domine.

Mais en vous est le pardon ; et j'ai espéré en vous, Seigneur, à cause de votre loi.

Sustinuit anima mea in verbo ejus : speravit anima mea in Domino.

Mon âme s'est soutenue par la parole du Seigneur; mon âme a espéré dans le Seigneur.

Depuis la veille du matin jusqu'à la nuit, qu'Israël espère dans le Seigneur.

Car dans le Seigneur est la miséricorde, et l'on trouve en lui une rédemption abondante.

Et lui-même rachètera Israël de toutes ses iniquités.

A custodia matutina usque ad noctem speret Israël in Domino.

Quia apud Dominum misericordia : et copiosa apud eum redemptio.

Et ipse redimet Israël ex omnibus iniquitatibus ejus.

## Bénédiction du Sel et de l'Eau

Les psaumes étant achevés, le Pontife se lève, sans quitter la mitre ni la crosse. Ses ministres se lèvent en même temps et le Pontife bénit le sel :

V. Notre secours est dans le nom du Seigneur.

R. Du Seigneur qui a fait le ciel et la terre.

V. Adjutorium nostrum in nomine Domini.

R. Qui fecit cœlum et terram.

Je t'exorcise, créature de sel, par le + Dieu vivant, par le Dieu + vrai, par le Dieu + saint, par le Dieu qui a ordonné au prophète Élisée de te jeter dans l'eau pour en guérir la stérilité; sois donc exorcisé pour le salut des fidèles, sois pour tous ceux qui te prendront la santé de l'âme et du corps. Arrière de tous les lieux aspergés de toi, tous les fantômes, les maléfices et les fraudes de l'esprit trompeur. Et que tout esprit impur s'enfuie adjuré par celui qui doit venir juger les vivants

Exorcizo te, creatura salis, per Deum + vivum, per Deum + verum, per Deum + sanctum, per Deum qui te per Eliséum Prophetam in aquam misti jussit ut sanaretur sterilitas aquæ, ut efficiaris sal exorcizatum in salutem credentium et sis omnibus sumentibus te sanitas animæ et corporis : et effugiat, atque discedat a loco, in quo aspersum fueris, omnis phantasia et nequitia, vel versutia diabolicæ fraudis, omnisque spiritus immundus, adjuratus per eum, qui venturus est judicare vivos et mortuos, et seculum per ignem.

R. Amen.

et les morts, et le monde par le feu.

Ainsi soit-il.

Le Pontife rend la crosse, quitte la mitre et joigant les mains, il dit :

R. Domine exaudi orationem meam.

R. Et clamor meus ad te veniat.

V. Dominus vobiscum.

R. Et cum spiritu tuo.

V. Seigneur écoutez ma prière.

R. Et que mon cri s'élève jusqu'à vous.

V. Que le Seigneur soit avec vous.

R. Et avec votre esprit.

Oremus.

IMMENSAM clementiam tuam, omnipotens æterne Deus, humiliter imploramus, ut hanc creaturam salis, quam in usum generis humani tribuisti, bene+dicere, et sancti+ficare tua pietate digneris : ut sit omnibus sumentibus salus mentis et corporis ; et quidquid ex eo tactum vel respersum fuerit, careat omni immunditia, omnique impugnatione spiritualis nequitiæ. Per Christum Dominum nostrum.

R. Amen.

Prions.

C'EST votre immense clémence, ô Dieu tout-puissant et éternel, que nous supplions de vouloir par votre bonté bénir + et santifier cette créature de sel, afin qu'elle soit à tous ceux qui s'en serviront le salut du corps et de l'âme, que tout ce qui en sera touché ou aspergé soit délivré de toute souillure et de tout assaut de l'esprit pervers. Par Jésus-Christ Notre-Seigneur.

Ainsi soit-il.

Le Pontife reprend la mitre et la crosse et procède à l'exorcisme de l'eau.

Je t'exorcise, créature d'eau, au nom de Dieu le Père + tout-puissant, et au nom de Jésus+Christ son fils, Notre-Seigneur, et par la vertu du Saint+Esprit, afin qu'exorcisée, tu mettes en fuite toutes les puissances de l'ennemi; que tu puisses déraciner l'ennemi lui-même et le jeter parmi ces anges apostats, et cela par la vertu de Notre-Seigneur Jésus-Christ qui doit venir juger les vivants et les morts, et le monde par le feu.
Ainsi soit-il.

Exorcizo te, creatura aquæ, in nomine Dei Patris + omnipotentis, et in nomine Jesu + Christi Filii ejus Domini nostri, et in virtute Spiritus + Sancti, ut fias aqua exorcizata ad effugandam omnem potestatem inimici, et ipsum inimicum eradicare et explantare valeas cum angelis suis apostaticis : per virtutem ejusdem Domini nostri Jesu Christi, qui venturus est judicare vivos et mortuos, et sæculum per ignem.
R. Amen.

Le Pontife quitte la crosse et la mitre et dit :

V. Seigneur écoutez ma prière.
R. Et que mon cri s'élève jusqu'à vous.
V. Que le Seigneur soit avec vous.
R. Et avec votre esprit.

V. Domine exaudi orationem meam.
R. Et clamor meus ad te veniat.
V. Dominus vobiscum.
R. Et cum spiritu tuo.

Prions.

Dieu qui pour le salut du genre humain, avez constitué la substance de l'eau comme base des éléments sanctifiants : soyez propice à nos invocations et répandez sur cette eau préparée et purifiée, la vertu de votre béné+diction : afin que votre créa-

Oremus.

Deus, qui ad salutem humani generis maxima quæque sacramenta in aquarum substantia condidisti : adesto propitius invocationibus nostris, et elemento huic multimodis purificationibus præparato, virtutem tuæ bene+dictionis infunde : ut creatura tua mystériis tuis serviens, ad abigendos dæmones, morbósque pellendos divinæ gratiæ sumat effectum, ut quidquid in domibus, vel in locis fidelium hæc unda resperserit, careat omni immunditia, liberetur a noxa : non illic resideat spiritus pestilens, non aura corrumpens : discedant omnes insidiæ latentis inimici ; et si quid est, quod aut incolumitati habitantium invidet, aut quieti, aspersione hujus aquæ effugiat, atque discedat ut salubritas per invocationem sancti tui Nominis expetita, ab omnibus sit impugnationibus defensa. Per Dominum nostrum.

ture au service de vos mystères emprunte à la grâce divine la puissance de chasser les démons, d'écarter les maladies, de sorte que tout objet qui dans les demeures ou dans les champs des fidèles, aura été arrosé par cette eau, soit exempt de toute souillure et délivré de toute influence mauvaise. Que là, il n'y ait plus ni esprit pestilentiel, ni air morbide. Que de là s'éloignent toutes les embûches de l'ennemi latent : que s'il avait quelque dessein mauvais contre la santé et le repos des fidèles, l'aspersion de cette eau chasse et dissipe tout : de sorte que la salubrité que nous implorons par votre nom soit protégée contre tous ses assauts. Par Notre-Seigneur Jésus-Christ.

Ainsi soit-il.

BENE+DIC, Domine, hanc aquam benedictione cœlesti, et assistat super eam virtus Spiritus Sancti ; cum hoc vasculum, ad invitandos filios sanctæ Ecclesiæ præparatum, in ea fuerit tinctum, ubicumque sonuerit hoc tintinnabulum, procul recedat virtus insidiantium, umbra phantasmatum, incursio turbinum, percussio fulminum, læsio tonitruorum, calamitas tempestatum, omnisque spiritus procellarum ; et cum

BÉ+NISSEZ, Seigneur, cette eau de votre bénédiction céleste et que sur elle se répande la vertu de l'Esprit-Saint pour purifier avec elle cette cloche destinée à convoquer les enfants de la Sainte-Église, afin que partout où elle se fera entendre, elle détruise la puissance des embûches, la vision des fantômes, les ravages des ouragans, les coups de la foudre, les blessures du tonnerre, les calamités des mauvaises saisons et tout esprit de tempête. Que les enfants des chrétiens, en entendant l'éclat de ses vibrations, sentent croître en eux la dévotion. Qu'ils s'empressent d'accourir au giron de leur tendre mère l'Eglise pour chanter dans l'assemblée des Saints un cantique nouveau à votre honneur, de sorte que votre oreille entende résonner l'éclat de la trompette, la modulation du psaltérion, la mélodie de l'organum, le bruit joyeux du tympan et les doux sons de la cymbale; et que dans le temple de votre gloire, ils appellent par leurs prières et leurs hommages la multitude des Phalanges Angéliques. Par Notre-Seigneur Jésus-Christ.

Ainsi soit-il.

clangorem illius audierint filii Christianorum, crescat in eis devotionis augmentum; ut festinantes ad piæ matris Ecclesiæ gremium, cantent tibi in ecclesia sanctorum canticum novum, deferentes in sono praeconium tubæ, modulationem psalterii, suavitatem organi, exultationem tympani, jucunditatem cymbali; quatenus in templo sancto gloriæ tuæ suis obsequiis et precibus invitare valeant multitudinem exercitus Angelorum. Per Dominum. In unitate ejusdem.

R. Amen.

Le Pontife fait le mélange de l'eau et du sel en disant :

Que ce mélange du sel et de l'eau se fasse aussi au nom du Père + et du Fils + et du Saint-Esprit.

R. Ainsi soit-il.

V. Que le Seigneur soit avec vous.

R. Et avec votre Esprit.

Commixtio salis et aquæ pariter fiat in Nomine Patris + et Filii + et Spiritus Sancti.

R. Amen.

V. Dominus vobiscum.

R. Et cum Spiritu tuo.

Oremus.

DEUS, invictæ virtutis auctor, et insuperabilis imperii Rex, ac semper magnificus triumphator : qui adversæ dominationis vires reprimis; qui inimici rugientis sævitium superas ; qui hostiles nequitias potenter expugnas; te, Domine, trementes et supplices deprecamur, ac petimus, ut hanc creaturam salis et aquæ dignanter aspicias, benignus illustres, pietatis tuæ rore sanctifices, ut ubicumque fuerit aspersa, per invocationem sancti nominis tui, omnis infestatio immundi Spiritibus abigatur, terrorque venenosi serpentis procul pellatur, præsentia Sancti Spiritus nobis misericordiam tuam poscentibus ubique adesse dignetur. Per Dominum. In unitate ejusdem Spiritus, etc. Per Christum Dominum nostrum.

R. Amen.

Prions.

DIEU, auteur de l'indomptable vertu, Roi d'un immense empire, et toujours triomphateur magnifique, vous réprimez les forces de la puissance adverse. Vous foulez aux pieds la rage cruelle de l'ennemi. Vous repoussez avec puissance toutes ses hostilités perverses. Seigneur, nous voici tout tremblants, tout suppliants, nous vous demandons de jeter un regard favorable sur ce mélange de sel et d'eau. Illuminez-le d'un regard de votre bonté, sanctifiez-le par la rosée de votre piété, afin que partout où cette eau sera jetée, l'invocation de votre nom fasse disparaître l'influence de l'esprit impur, que bien loin soit chassée la terreur du serpent venimeux, et que la présence de l'Esprit Saint soit toujours avec nous qui implorons votre miséricorde. Par Jésus-Christ Notre-Seigneur.

Ainsi soit-il.

Le Pontife reprend la mitre et vient près de la cloche avec ses ministres. Il commence à laver la cloche avec l'eau bénite. Après avoir commencé, le Pontife s'assied et les clercs continuent à laver l'intérieur et l'extérieur de la cloche. Puis ils l'essuient avec un linge.

Pendant ce temps, le Pontife récite avec ses ministres les psaumes suivants :

## Psaume 145

O mon âme, louez le Seigneur! Je louerai le Seigneur pendant ma vie; je chanterai les louanges de Dieu tant que je vivrai.

Gardez-vous bien de mettre votre confiance dans les princes ni dans les enfants des hommes d'où ne peut venir le salut.

Leur esprit sortira de leur corps et ils retourneront dans leur poussière. En ce jour-là même leurs pensées périront.

Heureux est celui de qui le Dieu de Jacob est l'appui, et dont l'espérance est dans le Seigneur, son Dieu :

Qui a fait le ciel et la terre, la mer et toutes les choses qu'ils contiennent.

Qui garde à jamais la vérité, qui fait justice à ceux qui souffrent injure, qui donne la nourriture à ceux qui ont faim.

Le Seigneur brise les fers des captifs, le Seigneur rend la lumière aux aveugles.

Le Seigneur relève ceux qui succombent; le Seigneur aime les justes.

Le Seigneur défend les étrangers, il prendra sous sa protection l'orphelin et la veuve, et il détruira les voies des pécheurs.

Lauda, anima mea, Dominum; laudabo Dominum in vita mea : psallam Deo meo quamdiu fuero.

Nolite confidere in principibus, in filiis hominum, in quibus non est salus.

Exibit spiritus ejus et revertetur in terram suam : in illa die peribunt omnes cogitationes eorum.

Beatus, cujus Deus Jacob adjutor ejus, spes ejus in Domino Deo ipsius :

Qui fecit cœlum et terram, mare, et omnia quæ in eis sunt.

Qui custodit veritatem in sæculum, facit judicium injuriam patientibus, dat escam esurientibus.

Dominus solvit compeditos : Dominus illuminat cæcos.

Dominus erigit elisos, Dominus diligit justos.

Dominus custodit advenas, pupillum et viduam suscipiet : et vias peccatorum disperdet.

Regnavit Dominus in sæcula: Deus tuus Sion in generationem et generationem.

Le Seigneur règnera dans tous les siècles; ton Dieu, ô Sion, règnera dans la suite de toutes les générations.

## Psaume 146

Laudate Dominum, quoniam bonus est psalmus : Deo nostro sit jucunda, decoraque laudatio.

Louez le Seigneur, parce qu'il est bon de le louer : que la louange soit agréable à notre Dieu et digne de lui.

Ædificans Jerusalem Dominus : dispersiones Israelis congregabit.

C'est le Seigneur qui bâtit Jérusalem, qui rassemblera tous les restes dispersés d'Israël.

Qui sanat contritos corde : et alligat contritiones eorum.

C'est lui qui guérit ceux qui ont le cœur brisé et qui bande leurs plaies.

Qui numerat multitudinem stellarum : et omnibus eis nomina vocat.

C'est lui qui sait le nombre prodigieux des étoiles et qui les appelle toutes par leur nom.

Magnus Dominus noster, et magna virtus ejus : et sapientiæ ejus non est numerus.

Notre Dieu est grand; sa puissance est infinie, et sa sagesse n'a point de bornes.

Suscipiens mansuetos Dominus: humilians autem peccatores usque ad terram.

Le Seigneur prend sous sa protection ceux qui sont doux; mais il humilie les pécheurs jusqu'à terre.

Præcinite Domino in confessione : psallite Deo nostro in cithara.

Chantez avant tout les louanges du Seigneur par de saints cantiques, et célébrez sur la harpe la gloire de notre Dieu.

Qui aperit cœlum nubibus: et parat terræ pluviam.

C'est lui qui couvre le ciel de nuées, et qui prépare la pluie pour la terre.

Qui producit in montibus fœnum : et herbam servituti hominum.

C'est lui qui produit le foin sur les montagnes, et l'herbe pour l'usage des serviteurs de l'homme.

C'est lui qui donne aux bêtes leur nourriture, et aux petits des corbeaux qui l'invoquent.

Qui dat jumentis escam ipsorum : et pullis corvorum invocantibus eum.

Ce n'est point dans la force du guerrier qu'il se complait, ce n'est pas à la vitesse du courrier qu'il accorde sa faveur.

Non in fortitudine equi voluntatem habebit : nec in tibiis viri beneplacitum erit ei.

Le Seigneur se complait dans ceux qui le craignent, et dans ceux qui espèrent en sa miséricorde.

Beneplacitum est Domino super timentes eum : et in eis, qui sperant super misericordia ejus.

## Psaume 147

Jérusalem, rends gloire au Seigneur : Sion, loue ton Dieu.

Lauda, Jerusalem, Dominum : lauda Deum, tuum, Sion.

Parce qu'il a consolidé les barrières de tes portes, et qu'il a béni tes enfants au milieu de ton enceinte.

Quoniam confortavit seras portarum tuarum : benedixit filiis tui in te.

C'est lui qui a établi la paix sur tes frontières, et il te rassasie de la fleur du meilleur froment.

Qui posuit fines tuos pacem : et adipe frumenti satiat te.

C'est lui qui envoie sa parole à la terre : et sa parole court rapidement.

Qui emittit eloquium suum terrae : velociter currit sermo ejus.

C'est lui qui fait tomber la neige comme des flocons de laine, et qui répand la gelée blanche comme la cendre.

Qui dat nivem sicut lanam : nebulam sicut cinerem spargit.

Il envoie sa glace comme des morceaux de pain : qui pourra soutenir la rigueur de son froid ?

Mittit crystallum suum sicut buccellas : ante faciem frigoris ejus quis sustinebit ?

Il enverra sa parole, et la

Emittet verbum suum et

liquefaciet ea : flabit spiritus ejus, et fluent aquæ.

Qui annuntiat verbum suum Jacob, justitias et judicia sua Israel.

Non fecit taliter omni nationi : et judicia sua non manifestavit eis.

glace fondra; son vent soufflera et les eaux couleront.

C'est lui qui annonce sa parole à Jacob, ses jugements et ses ordonnances à Israël.

Il n'a point traité de la sorte toutes les autres nations, et il ne leur a point manifesté ses préceptes.

## Psaume 148

Laudate Dominum de cœlis : laudate eum in excelsis.

Laudate eum, omnes angeli ejus : laudate eum, omnes virtutes ejus.

Laudate eum, sol et luna : laudate eum, omnes stellæ et lumen

Laudate eum, cœli cœlorum : et aquæ omnes quæ super cœlos sunt laudent nomen Domini.

Quia ipse dixit, et facta sunt : ipse mandavit et creata sunt.

Statuit ea in æternum, et in sæculum sæculi : præceptum posuit, et non præteribit.

Laudate Dominum de terra, dracones, et omnes abyssi.

Ignis, grando, nix, glacies.

Louez le Seigneur, vous qui êtes dans les cieux; louez-le dans les lieux les plus élevés.

Louez-le, vous tous qui êtes ses anges; louez-le, vous tous qui êtes ses puissances.

Soleil et lune, louez-le: louez-le, vous toutes, étoiles de la nuit et lumière du jour.

Louez-le, cieux des cieux, et que toutes les eaux qui sont au-dessus des cieux louent le nom du Seigneur!

Parce qu'il a parlé, et toutes choses ont été faites; il a commandé, et elles ont été créées.

Il les a établies pour subsister éternellement et dans tous les siècles. Il leur a donné une loi et elle ne passera pas.

Louez le Seigneur, ô habitants de la terre! Vous dragons, et vous tous, vastes abimes.

Feu, grêle, neige, glace.

vents qui excitez les tempêtes, vous tous qui exécutez sa parole;

Vous, montagnes, et vous toutes, collines; arbres fruitiers et vous, cèdres des forêts;

Vous, bêtes sauvages, et vous, animaux domestiques; vous, serpents, et vous, oiseaux qui avez des ailes;

Rois de la terre et vous tous, peuples, princes et vous, juges de la terre:

Que les jeunes gens et les jeunes filles, les vieillards et les enfants louent le nom du Seigneur, parce qu'il est le seul dont le nom soit grand et élevé.

Sa gloire est au-dessus du ciel et de la terre, et c'est lui qui a élevé la puissance de son peuple.

spiritus procellarum, quæ faciunt verbum ejus;

Montes, et omnes colles: ligna fructifera, et omnes cedri;

Bestiæ, et universa pecora: serpentes et volucres pennatæ;

Reges terræ, et omnes populi: principes et omnes judices terræ;

Juvenes et virgines: senes cum junioribus laudent nomen Domini, quia exaltatum est nomen ejus solius.

Confessio ejus super cœlum et terram: et exaltavit cornu populi sui.

## Psaume 149

Chantez au Seigneur un cantique nouveau. Que sa louange retentisse dans l'assemblée des saints.

Qu'Israël se réjouisse en celui qui l'a créé: que les enfants de Sion tressaillent d'allégresse en celui qui est leur roi.

Qu'ils louent son nom par de saints concerts; qu'ils le célèbrent au son du tambour et du psalterion:

Cantate Domino canticum novum: laus ejus in ecclesia sanctorum.

Lætetur Israel in eo qui fecit eum: et filii Sion exultent in rege suo.

Laudent nomen ejus in choro: in tympano, et psalterio psallant ei:

Quia beneplacitum est Domino in populo suo : et exaltabit mansuetos in salutem.

Parce que le Seigneur se complait en son peuple, et qu'il élèvera ceux qui sont doux pour les sauver.

Exultabunt sancti in gloria : lætabuntur in cubilibus suis.

Les saints tressailliront de joie dans sa gloire et se réjouiront sur leur lit de repos.

Exaltationes Dei in gutture eorum : et gladii ancipites in manibus eorum :

Les louanges de Dieu seront dans leur bouche, et des glaives à deux tranchants dans leurs mains.

Ad faciendam vindicationem in nationibus : increpationes in populis;

Pour tirer vengeance des nations et pour châtier les peuples;

Ad alligandos reges eorum in manicis ferreis;

Pour mettre des chaînes aux pieds de leurs rois, et des fers aux mains de leurs princes;

Ut faciant in eis judicium conscriptum : gloria hæc est omnibus sanctis ejus.

Et pour exercer ainsi contre eux le jugement prescrit : telle est la gloire qui est réservée à tous ses saints.

## Psaume 150

Laudate Dominum in sanctis ejus; laudate Dominum in firmamento virtutis ejus.

Louez le Seigneur dans son sanctuaire, louez-le dans la fermeté de sa puissance.

Laudate eum in virtutibus ejus : laudate secundum multitudinem magnitudinis ejus.

Louez-le dans les œuvres de sa main puissante; louez-le dans la multitude de sa grandeur.

Laudate eum in sono tubæ : laudate eum in psalterio et cithara.

Louez-le au son de la trompette, louez-le sur l'instrument à dix cordes et sur la harpe.

Laudate eum in tympano et choro : laudate eum in cordis et organo.

Louez-le avec le tambour et la flûte; louez-le avec le luth et avec l'orgue.

Louez-le sur des cymbales sonores; louez-le sur des cymbales de triomphe et de joie.

Que tout ce qui respire loue le Seigneur. Alleluia.

Laudate eum in cymbalis bene sonantibus : laudate eum in cymbalis jubilationis.

Omnis spiritus laudet Dominum. Alleluia.

## Onction des Saintes Huiles

Les psaumes terminés, le Pontife se lève, mitre en tête, et il fait à l'extérieur de la cloche le signe de la croix avec l'huile des infirmes. Et, cela fait, il quitte la mitre et dit :

### Prions.

O Dieu qui par Moïse, votre serviteur, avez commandé de faire des trompettes d'argent, afin que quand à l'heure du sacrifice les prêtres les feraient retentir, le charme de leur son avertit le peuple d'aller au sacrifice et de se préparer à vous adorer, et qu'animé à la guerre par leur éclat, le peuple fidèle anéantit les efforts de ses ennemis, accordez, Seigneur, nous vous en supplions, que ce vase destiné à votre église soit sanctifié par l'Esprit-Saint afin que ses sons les invitent à la conquête du ciel, et que sa mélodie, résonnant à l'oreille des peuples, fasse croître la foi et la dévotion dans leurs âmes; que les embûches de leurs ennemis, le bruit des grêles, les orages, les tourbillons et la violence

### Oremus.

Deus, qui per beatum Moysen legiferum famulum tuum tubas argenteas fieri praecepisti, quibus dum sacerdotes tempore sacrificii clangerent, sonitu dulcedinis populus monitus ad te adorandum fieret praeparatus, et ad celebranda sacrificia conveniret, quarum clangore hortatus ad bellum, molimina prosterneret adversantium : praesta, quaesumus, ut hoc vasculum sanctae tuae ecclesiae praeparatum sancti ✠ficetur a Spiritu Sancto, ut per illius sonum fideles invitentur ad praemium, et cum melodia illius auribus insonuerit populorum, crescat in eis devotio fidei : procul pellantur omnes insidiae inimici, fragor grandinum, procella turbinum, impetus tempesta-

tum : tempérentur infesta tonitrua : ventorum flabra fiant salubriter ac moderate suspensa : prosternat aereas potestates dextera tuæ virtutis ; ut hoc audientes tintinnabulum contremiscant et fugiant ante sanctæ crucis Filii tui in eo depictum vexillum, cui flectitur omne genu, cœlestium, terrestrium, et infernorum, et omnis lingua confitetur, quod ipse Dominus noster Jesus Christus, absorpta morte per patibulum crucis, regnat in gloriâ Dei Patris, cum eodem Patre et Spiritu Sancto, per omnia sæcula sæculorum.
R. Amen.

des tempêtes, les funestes effets du tonnerre soient détournés. Que les souffles des vents nous soient salutaires et soufflent avec modération ; que votre main toute-puissante terrasse les princes de l'air. Faites qu'en entendant cette cloche, ils tremblent et fuient devant l'étendard de la croix gravé sur ses parois, devant Jésus-Christ en face de qui fléchit tout genou au ciel, sur la terre et dans les enfers, et que toute langue confesse que Notre-Seigneur Jésus-Christ lui-même ayant englouti la mort par le gibet de la croix, il règne dans la gloire de Dieu le Père avec le même Père et le Saint-Esprit, dans tous les siècles des siècles. R. Ainsi soit-il !

Le Pontife reprend la mitre, essuie avec un linge la croix qu'il a faite et il entonne l'antienne :

Vox Domini super aquas multas, Deus majestatis intonuit : Dominus super aquas multas.

La voix du Seigneur a retenti sur les eaux ; le Dieu de majesté a tonné ; le Seigneur s'est fait entendre sur l'immensité des eaux.

## Psaume 28

Apportez au Seigneur, enfants de Dieu, apportez au Seigneur les petits des béliers.

Rendez au Seigneur la gloire et l'honneur; rendez au Seigneur la gloire due à son nom ; adorez le Seigneur à l'entrée de son tabernacle.

La voix du Seigneur a retenti sur les eaux; le Dieu de majesté a tonné; le Seigneur s'est fait entendre sur l'immensité des eaux.

La voix du Seigneur est pleine de force; la voix du Seigneur est pleine de magnificence.

La voix du Seigneur brise les cèdres; le Seigneur brisera les cèdres du Liban.

Et il les mettra en pièces comme de jeunes taureaux du Liban, ou comme le faon chéri de la licorne.

La voix du Seigneur divise les traits de flamme; la voix du Seigneur ébranle le désert car le Seigneur fera trembler le désert de Cadès.

La voix du Seigneur prépare les cerfs; et elle découvrira les lieux sombres et épais; et tous dans son temple publieront sa gloire.

Le Seigneur fait habiter sur

Afferte, Domino, filii Dei afferte Domino filios, arietum.

Afferte Domino gloriam et honorem, afferte Domino gloriam nomini ejus, adorate Dominum in atrio sancto ejus.

Vox Domini super aquas, Deus majestatis intonuit : Dominus super aquas multas.

Vox Domini in virtute : vox Domini in magnificentia.

Vox Domini confringentis cedros : et confringet Dominus cedros Libani;

Et comminuet eos tanquam vitulum Libani : et dilectus quemadmodum filius unicornium.

Vox Domini intercidentis flammam ignis : vox Domini concutientis desertum : et commovebit Dominus desertum Cades.

Vox Domini præparantis cervos, et revelabit condensa : et in templo ejus omnes dicent gloriam.

Dominus diluvium inhabitare facit : et sedebit Dominus Rex in æternum.

la terre un déluge d'eau, et le Seigneur sera assis comme Roi dans toute l'éternité.

Dominus virtutem populo suo dabit; Dominus benedicet populo suo in pace.

Le Seigneur donnera la force à son peuple; le Seigneur bénira son peuple dans la paix.

Gloria Patri, et Filio, et Spiritui Sancto.

Gloire au Père, et au Fils, et au Saint-Esprit.

Sicut erat in principio et nunc, et semper, et in sæcula sæculorum.

A présent et toujours comme dès le commencement et dans les siècles des siècles.

Amen.

Ainsi soit-il.

Pendant le chant de ce psaume, le Pontife, debout, ayant la mitre, reçoit l'huile des infirmes et fait sept onctions en forme de croix à l'extérieur de la cloche. Puis il en fait quatre autres à l'intérieur avec le Saint-Chrême disant à chaque croix :

Sancti+ficetur et con+secretur, Domine, signum istud in nomine Pa+tris et Fi+lii et Spiritus+Sancti. In honorem Sancti N. Pax tibi.

Sancti+fiez, Seigneur, et con+sacrez ce signal au nom du Père, du Fils et du Saint-Esprit. En l'honneur de sainte N... Paix à nous.

Vox Domini super aquas multas. Deus majestatis intonuit; Dominus super aquas multas.

La voix du Seigneur a retenti sur les eaux. Le Dieu de majesté a tonné, le Seigneur s'est fait entendre sur l'immensité des eaux.

Le psaume chanté, et les susdites croix étant faites, le Pontife debout, sans mitre, dit :

Prions.

Dieu tout-puissant et éternel, vous qui avez donné au son de la trompette la puissance de faire crouler, en présence de l'arche d'alliance, les murailles de pierre qui renfermaient les armées ennemies dans leur enceinte : imprimez sur cette cloche la céleste béné+diction ; que le son qui s'en échappera repousse bien loin les traits enflammés de Satan, les coups du tonnerre, les ravages de la grêle et des tempêtes. Ainsi, comme autrefois, à l'interrogation du prophète : Mer, pourquoi donc cette fuite? quand les flots s'arrêtaient, quand le Jourdain aussi refoulait sa course en arrière, on répondra : C'est en présence de Dieu que la terre s'est ébranlée, en présence du Dieu de Jacob, qui a changé la pierre en lac d'eau et le rocher en source limpide ; non, non, ce n'est pas à nous, mais à votre nom seul, à votre miséricorde qu'il faut rendre gloire. Oui, que cette cloche touchée par le Saint-Chrême, ointe des huiles saintes comme les vases de l'autel, procure à tous ceux qui seront fidèles à son appel, la délivrance de toutes les tentations de l'ennemi, et la constante pratique de la foi catholique. Par Jésus-Christ Notre-Seigneur.

R. Ainsi soit-il.

Oremus.

Omnipotens sempiterne Deus, qui ante arcam fœderis per clangorem tubarum, muros lapideos, quibus adversantium cingebatur exercitus, cadere fecisti : tu hoc tintinnabulum cœlesti bene+dictione perfunde ; ut ante sonitum ejus longius effugentur ignita jacula inimici, percussio fulminum, impetus lapidum, læsio tempestatum : ut ad interrogationem propheticam : Quod est tibi mare, quod fugisti? suis motibus cum Jordanico retroactis fluento respondeant : A facie Domini mota et terra, a facie Dei Jacob, qui convertit petram in stagna aquarum, et rupem in fontes aquarum. Non ergo nobis, Domine, non nobis, sed nomini tuo da gloriam, super misericordia tua ; ut cum præsens vasculum, sicut reliqua altaris vasa, sacro Chrismate tangitur, oleo sancto ungitur : quicumque ad sonitum ejus convenerint, ab omnibus inimici tentationibus liberi, semper fidei catholicæ documenta sectentur. Per Dominum nostrum Jesum Christum.

R. Amen.

Le Pontife s'étant assis met des parfums dans l'encensoir que l'on place sous la cloche de manière à ce que toute la fumée se répande en elle. Pendant ce temps le chœur chante :

*Ant.* Deus in sancto via tua : quis Deus magnus sicut Deus noster !

*Ant.* O Dieu vos voies sont dans la sainteté. Quel Dieu est grand comme notre Dieu !

## PSAUME 76

VIDERUNT te aquæ, Deus, viderunt te aquæ, et timuerunt, et turbati sunt abyssi.

LES eaux vous ont vu, ô Dieu, les eaux vous ont vu, et elles ont tremblé, et les abimes ont été troublés.

Multitudo sonitus aquarum : vocem dederunt nubes.

Les eaux sont tombées en abondance et avec grand bruit ; les nuées ont fait retentir leur voix.

Etenim sagittæ tuæ transeunt : vox tonitrui tui in rota.

Vos flèches ont sillonné les airs ; la voix de votre tonnerre a éclaté en roulant.

Illuxerunt coruscationes tuæ orbi terræ : commota est et contremuit terra.

Vos éclairs ont fait briller leur lumière dans toute la terre ; elle s'est émue, et elle a tremblé.

In mari via tua, et semitæ tuæ in aquis multis et vestigia tua non cognoscentur.

Votre route était dans la mer, et vos sentiers dans les grandes eaux, et les traces de vos pieds ne seront point connues.

Deduxisti sicut oves populum tuum, im manu Moysis et Aaron.

Vous avez conduit votre peuple comme un troupeau de brebis par la main de Moïse et d'Aaron.

Gloire au Père, et au Fils, et au Saint-Esprit.

A présent et toujours comme dès le commencement et dans les siècles des siècles.

Ainsi soit-il.

Gloria Patri et Filio et Spiritui Sancto,

Sicut erat in principio et nunc et semper et in sæcula sæculorum.

Amen.

Le chant achevé, le Pontife se lève, quitte la mitre et dit :

Prions.

O CHRIST dominateur tout-puissant, vous qui pendant votre vie mortelle, dormant dans un navire, vous êtes réveillé et par votre commandement avez subitement calmé la tempête qui bouleversait la mer, secourez avec bonté votre peuple dans tous ses besoins. Répandez sur cette cloche la rosée de l'Esprit-Saint afin qu'au son de ses volées, l'ennemi du bien soit toujours mis en fuite, et le peuple chrétien appelé à la foi. Que par elle, la terreur s'empare de l'armée ennemie et que votre peuple, fidèle à son appel, se fortifie dans le Seigneur. Et qu'attiré par le charme de la cithare de David, l'Esprit-Saint descende sur lui. Samuel immolant un agneau encore à la mamelle, le bruit de l'air repoussa la troupe des ennemis en désordre. Qu'ainsi tandis que les vibrations de cet instrument passeront par les airs, la troupe

Oremus.

OMNIPOTENS dominator Christe, quo secundum carnis assumptionem dormiente in navi, dum oborta tempestas mare conturbasset, te protinus excitato et imperante, dissiluit, tu necessitatibus populi tui benignus succurre. Tu hoc tintinnabulum Sancti Spiritus rore perfunde ; ut ante sonitum illius semper fugiat bonorum inimicus ; invitetur ad fidem populus christianus : hostilis terreatur exercitus : confortetur in Domino per illud populus tuus convocatus : ac sicut Davidica cithara delectatus desuper descendat Spiritus Sanctus : atque ut Samuele agnum lactantem mactante in holocaustum regis æterni imperii, fragor aurarum turbam repulit adversantium ; ita dum hujus vasculi sonitus transit per nubila, Ecclesiæ tuæ conventum manus conservet angelica :

fruges credentium, mentes et corpora salvet protectio sempiterna. Per te, Christe Jesu, qui cum Deo Patre vivis et regnas in unitate ejusdem Spiritus Sancti Deus : per omnia sæcula sæculorum.

Amen.

angélique protège l'assemblée de notre Eglise et qu'une protection éternelle garde les biens, les âmes et les corps des fidèles croyants. Par vous. Christ Jésus qui vivez avec Dieu le Père et qui régnez en l'unité du même Esprit, dans tous les siècles des siècles.

Ainsi soit-il.

Le Diacre chante enfin l'Evangile suivant avec les cérémonies accoutumées :

V. Dominusvobiscum.
R. Et cum Spiritu tuo.
V. Sequentia Sancti Evangelii secundum Lucam.

R. Gloria tibi Domine.

V. Le Seigneur soit avec vous.
R. Et avec votre esprit.
V. Suite du saint Évangile selon saint Luc.
R. Gloire à vous, Seigneur.

In illo tempore : Intravit Jesus in quoddam castellum; et mulier quædam, Martha nomine, excepit illum in domum suam : et huic erat soror, nomine Maria, quæ etiam sedens secus pedes Domini, audiebat verbum illius. Martha autem satagebat circa frequens ministerium. Quæ stetit, et ait : Domine, non est tibi curæ, quod soror mea reliquit me solam ministrare; dic ergo illi ut me adjuvet. Et respondens dixit illi Dominus : Martha,

En ce temps, Jésus entra dans un bourg, et une femme nommée Marthe le reçut dans sa maison. Elle avait une sœur nommée Marie, qui, se tenant assise aux pieds de Jésus, écoutait sa parole. Mais Marthe était fort occupée à préparer tout ce qu'il fallait, et s'arrêtant devant Jésus, elle lui dit : Ne faites-vous pas attention que ma sœur me laisse travailler toute seule; dites-lui donc de m'aider. Le Seigneur lui répondit : Marthe, Marthe, vous vous inquiétez et vous

vous embarrassez du soin de bien des choses. Or, une seule chose est nécessaire; Marie a choisi la meilleure part qui ne lui sera pas enlevée.

Grâce à Dieu.

Martha, sollicita es, et turbaris erga plurima. Porro unum est necessarium; Maria optimam partem elegit, quæ non auferetur ab ea.

R. Deo gratias.

Après le chant de l'Evangile, le Pontife forme le signe de la croix sur la cloche bénite, reprend la mitre et s'assied.

# BAPTÊME

DE

# LA SAVOYARDE

Elle a été nommée

Françoise-Marguerite du Sacré-Cœur

Le 20 Novembre 1895

Jour où S. E. le Cardinal Richard

Archevêque de Paris

l'a solennellement baptisée

✢

Parrain

Sa Grandeur Monseigneur Hautin

Archevêque de Chambéry

Marraine

Madame la Comtesse de Boigne

Née de Sabran-Pontevès

# LA SAVOYARDE

## BOURDON

DE LA

## BASILIQUE DU VŒU NATIONAL

A MONTMARTRE

ᛘᛘᛘᛘᛘ

### I. — La Savoie et le Sacré-Cœur

La nation française, le monde entier le sait, poursuit, depuis vingt ans, avec un zèle digne des plus beaux jours du moyen âge, la construction de son temple national, en l'honneur du Sacré-Cœur de Jésus, sur les hauteurs de Montmartre, à Paris.

C'est le premier exemple connu d'un grand acte de piété donné par tout un peuple et accompli avec l'assentiment de l'Assemblée nationale qui a déclaré, par une loi spéciale, que l'exécution d'un monument au Sacré-Cœur était une œuvre d'*utilité publique*.

Envisagée à ce point de vue, la basilique du Sacré-Cœur ne devait donc pas être l'œuvre d'une ville, si généreuse qu'elle fût, d'une province, d'une corporation; elle devait être l'œuvre de la nation tout entière.

C'est bien ainsi que la France l'a compris. Aussi est-il vrai de dire que, dans la construction, il n'y a pas une chapelle, un pilier, une colonne, un hémicycle, un arc, une absidiale même, qui ne représente un diocèse, une ville, une province, une société religieuse, une corporation, une profession, etc. De telle sorte que, sans exagération, on peut affirmer que la Basilique, dans son grandiose ensemble, résume les vœux et les offrandes de la France entière.

Or la Savoie, jusqu'en 1888, faisait une douloureuse exception. Cette province, qui a été toujours si française par le cœur, semblait n'être pas encore entrée dans ce concert *presque* unanime d'hommages au Sacré-Cœur. Était-ce oubli, ou indifférence? Nous nous garderons bien de le dire. A cette époque, la Savoie avait déjà souscrit pour plus de 35.060 fr., chiffre qui suffisait presque à lui assurer le droit à une chapelle portant son nom. Mais ce qu'elle avait donné n'ayant pas été affecté a un détail particulier il en était résulté que son offrande avait été noyée dans le grand œuvre, sans lui conférer aucun titre.

Hâtons-nous de le dire : il y avait là un dessein providentiel du Sacré-Cœur en faveur de la Savoie, cette terre qui a vu les saint Anselme de Cantorbéry, les saint Anthelme de Chignin, les saint Pierre de Tarantaise, les saint Bernard de Menthon, les saint Germain de Talloires; qui a possédé le président Favres, J. de Maistre, le cardinal de Brognie, le cardinal Gerdil et tant d'autres que nous ne pouvons énumérer et qui font une couronne éclatante à notre docteur saint François de Sales.

Le Sacré-Cœur réservait, à n'en pas douter, à la Savoie l'hommage qui lui assurera un rang d'honneur au Sanctuaire du *Vœu National*. Nous avons nommé le *bourdon*.

## II. — Choix du Bourdon

(1888)

A l'époque où nous nous plaçons, des dons nombreux et de grand prix avaient déjà été faits à la basilique du Sacré-Cœur. Personne cependant n'avait encore pensé à l'un des plus importants, c'est-à-dire au bourdon qui devait avoir sa place dans la tour grandiose de la basilique en construction. Cette lacune, qui ne pouvait guère s'expliquer que par une permission de la tendresse du Sacré-Cœur en faveur de tout un peuple, fut signalée par le R. P. Besson, oblat de Marie, au vénérable Métropolitain de la Savoie, Monseigneur Leuillieux, archevêque de Chambéry.

L'éminent prélat accueillit avec empressement la proposition qui lui était faite. Il en parla à ses prêtres réunis pour la retraite annuelle, et la réponse du clergé fut telle que, dès la même année 1888, Mgr Leuillieux était heureux d'adresser à ses diocésains une circulaire pour leur annoncer qu'une souscription était ouverte à l'effet de procurer à la Savoie la gloire d'offrir un bourdon superbe au sanctuaire du Vœu National.

Dans cette lettre, le même pontife déclare qu'il fixe son choix sur le *bourdon*, de préférence à tout autre détail. Excellente pensée! Car la cloche, dans la pensée de l'Église ellemême, est une *voix*, mais une voix qui éclate dans sa magnificence, la *voix* de Dieu. C'est aussi la voix de *Celui* qui crie dans le désert : « Préparez les voies à la venue de votre Dieu. » Plus spécialement, elle signifie les apôtres. C'est pour cela qu'elle se tait, dit excellemment Mgr Rosset, pendant les trois jours anniversaires de la mort du Sauveur. Par extension, la cloche figure encore les docteurs, les prélats qui doivent, soit appeler les peuples à la foi, soit les y maintenir. Parlant plus fort que le prêtre, elle fait naître le remords, elle arrache les larmes du repentir, elle invite à l'adoration et à la prière.

Magnifique symbole de la mission que le bourdon, aujourd'hui arrivé sur les sommets de Montmartre, aura à remplir dans le sanctuaire du Vœu National!

Placé sous le vocable de saint François de Sales, il sera, d'office, la *voix* autorisée de Celui qui fut le précurseur de la dévotion au Sacré-Cœur, pour dire et redire encore, par ses vibrations vigoureuses, à la *ville*, à la *nation*, au *monde entier*, s'il se pouvait : « ¡Vive Jésus!... »

Ce n'est pas tout. Le promoteur de cette belle entreprise

voulait une œuvre qui résumât auprès du Sacré-Cœur les gloires religieuses, civiles et artistiques de son pays.

Or, il n'y a qu'à regarder le splendide bourdon du Sacré-Cœur pour se convaincre que ces trois motifs sont traduits, on ne peut mieux, sur ses flancs d'airain.

D'abord, comme nous le verrons, en faisant la description de la pièce, les saints de la Savoie sont là présents pour faire cortège au divin Cœur. Puis, dans une galerie spéciale, les noms des villes et des provinces qui composent la contrée lui forment comme une couronne d'honneur. Enfin, la Savoie a, pour la circonstance, la bonne fortune de posséder deux artistes chrétiens dont les noms sont sur toutes les lèvres depuis ces derniers temps surtout. Au dire des fondeurs les plus en renom, ils sont hors pair et déclarés par eux les *rois* des fondeurs du monde entier. Le choix de la cloche revenait donc de préférence à la Savoie.

## III. — Souscription et commande

La souscription ouverte le 29 janvier 1889, jour de la fête de saint François de Sales, produisit de si beaux résultats que, la même année, Mgr de Chambéry faisait avertir MM. Paccard d'avoir à prendre les mesures préalables pour la *commande*, dont la date fut fixée au 17 octobre, jour de la fête de la Bienheureuse Marguerite-Marie.

Ce jour était on ne peut mieux choisi pour mettre la signature au bas d'un acte qui garantissait à la Savoie la gloire d'être magnifiquement représentée au Sacré-Cœur; et, aux fondeurs, le soin et l'honneur justement mérités de couler ce bronze monumental, véritable objet d'art.

L'article principal du contrat portait que la cloche serait du poids minimum de seize mille kilogrammes, faute de quoi elle ne serait pas acceptée; que toute facilité était accordée aux fondeurs d'augmenter ce poids, de façon à donner le *contre-ut* grave dans toute sa splendeur et *sans retouche après la coulée*. On verra plus loin s'ils ont rigoureusement répondu à leur engagement.

## IV. — Le Moule

La commande faite et l'acte signé, il ne restait plus qu'à se mettre à l'œuvre sans retard. Or, dès le 27 août 1890, de nombreux visiteurs se succédèrent à la fonderie, d'où sont sorties tant d'œuvres si remarquables. On allait admirer la *fausse cloche*, terminée de la veille, revêtue de ses inscriptions et de tous ses ornements moulés en cire. Il y eut fête ce jour-là.

Chacun fut émerveillé des proportions grandioses de cette œuvre d'art et de l'heureuse distribution des motifs d'ornementation, fruit d'un travail approfondi de dessin, de moulage et d'application.

Ce modèle définitif était aussi beau par sa forme et ses proportions que par le goût apporté à la mise en place des inscriptions et des ornements reproduits d'après les types du plus pur style roman, comme la basilique, dont le bourdon sera assurément le plus riche joyau.

Aussitôt après la petite fête du 27 août, on se mit au travail de la chape, on poussa activement le moule des anses, si bien que, le 28 avril 1891, on put procéder au démoulage de la chape de la *Savoyarde*.

On comprendra que cette opération était un point difficile, quand on saura que l'enveloppe extérieure, qu'il s'agissait de soulever et de tenir suspendue, ne pesait pas moins de 10.000 kilos.

Mais, grâce aux engins puissants que possèdent MM. Paccard, cette masse énorme, qui ne mesurait pas moins de 13 mètres de circonférence, a été levée sans secousse et est restée suspendue tout le temps nécessaire pour permettre aux artistes de vérifier les dessins et les inscriptions. On constata avec bonheur que tous ces reliefs étaient admirablement bien *venus* et *rendus*. Il ne restait plus désormais qu'à briser la fausse cloche et à remettre la chape sur ses encoches. Cette remise en place eut lieu le lundi 4 mai. Le travail était fini sans qu'on eût, jusque-là, à regretter le plus léger accident. Le Sacré-Cœur veillait sur son œuvre, comme il veillera sur elle jusqu'à sa destination définitive.

Encore quelques jours, et MM. Paccard pourront inscrire sur leur *livre d'or* leur plus beau succès. Le Sacré-Cœur aura le plus beau bourdon du monde.

## V. — La Coulée

Le 13 mai avait été le jour fixé par Mgr Leuillieux pour l'importante opération de la coulée. Le feu est à la fournaise depuis vingt-quatre heures. Tout est prêt. La foule arrive. On sent que le moment solennel est venu. Aussi tout le monde est dans l'attente. Le silence règne dans l'assemblée, l'anxiété se lit sur les visages. Seuls, les fondeurs sont pleins de confiance, parce que la prière les soutient.

Au signal donné par l'Archevêque, M. Paccard donne un dernier coup de bélier. Le tampon s'enfonce, le métal s'échappe aussitôt comme un fleuve de feu et court se précipiter dans le moule, sous les yeux des prélats vivement impressionnés (1) et sous la protection des statues du Sacré-Cœur et de Notre-Dame des Victoires, arrivées exprès de Paris et placées à l'entrée du moule.

Pendant neuf minutes, le métal s'engouffra sans bruit. A la dixième, on entendit les clapotements du métal arrivant à la

1. Outre l'archevêque de Chambéry, étaient présents à la solennité : Monseigneur Isoard, évêque d'Annecy, et Monseigneur Luch, évêque d'Aukland (Nouvelle-Zélande), le R. P. Voirin, supérieur des chapelains de Montmartre.

hauteur des anses. Ensuite deux jets d'air embrasé, jaillissant en flammes étrangement nuancées, comme deux rayons de gloire, à la hauteur de plus d'un mètre, annonçaient la fin de l'opération.

C'était fini, en effet. L'Archevêque entonna alors le cantique d'action de grâces que toute l'assistance continua avec transport. Pendant ce temps, MM. Paccard, suivis du personnel de leur fonderie, couverts de poussière, ruisselants de sueur, viennent se jeter à genoux devant Sa Grandeur, pour lui donner l'assurance de la parfaite réussite de la coulée et lui demander sa bénédiction. « Monseigneur, lui disent-ils, c'est fait, daignez nous bénir. » L'Archevêque les bénit avec effusion, pendant que la foule applaudit à cette démonstration de piété toute spontanée. Patrons et ouvriers pleuraient de joie et de reconnaissance ; la *Savoyarde était réussie.*

## VI. — Sortie du moule — Nettoyage — La note

La *Savoyarde*, coulée le 13 mai 1891 à 11 heures du matin, est restée près de huit jours enfermée dans son moule. Il a fallu cinq jours pour donner au métal le temps de se refroidir, et encore le 18 on dut se contenter de vérifier *seulement* les anses, sans espoir possible de descendre plus bas. Elles furent reconnues rigoureusement nettes et bien venues.

Le mardi 19 et les jours suivants, on attaqua la chape que l'on démolit de fond en comble, puis, au moyen de deux moufles de douze poulies, on la décida à sortir de la fosse où elle avait été coulée et on la conduisit à l'atelier, où l'on procéda sans retard à son *nettoyage*.

Cette première opération n'a pas demandé moins de trois mois d'un travail consécutif à quatre ouvriers, tellement, sous l'action d'un feu si intense, à la base surtout, la matière du moule s'était durcie.

Néanmoins, dès les premiers jours, on put s'assurer que la

coulée était entièrement réussie et bien au delà de ce que l'on pouvait désirer de mieux, et que la *Savoyarde* apparaitrait bientôt, ***sans tache aucune, sans tare***, sans la ***moindre paille***, mais toute belle dans sa taille gigantesque et ses majestueuses proportions. On ne se trompait pas. A mesure que le nettoyage avançait, on découvrait de nouvelles merveilles, et, quand tout fut fini, on eut beau chercher un défaut, ce fut peine inutile, il n'y avait absolument rien de manqué.

Le polissage extérieur achevé, on coucha le bourdon pour *lavage*. Cette dernière opération ne demanda pas moins de trois semaines de travail à plusieurs ouvriers.

Ce fut pendant que la cloche était couchée que le photographe jugea bon de la prendre, *elle* et les fondeurs se reposant tranquillement dans l'intérieur de leur chef-d'œuvre.

Le lavage terminé, il ne restait plus qu'à redresser la *Savoyarde*. Le 16 septembre 1891, à sept heures du matin, elle sonnait pour la première fois, donnant avec une sonorité parfaite la *note* stipulée dans le contrat et garantie d'avance, sans *retouche*, par les fondeurs, c'est-à-dire le contre-ut grave, dans toute sa beauté et sa majestueuse ampleur. Dans toute la plaine d'Annecy, et les environs, on se demandait ce que c'était que ce bruit qui rappelait la voix imposante du tonnerre. On ne tarda pas à connaître que c'était le bourdon du Sacré-Cœur qui parlait pour la première fois.

Dans les conventions passées à Chambéry, MM. Paccard s'étaient engagés à fournir une *œuvre d'art*, digne du Vœu National, en même temps qu'un *bourdon de premier choix, d'un son harmonieux, donnant exactement la note demandée*.

Aujourd'hui la *Savoyarde*, toute rayonnante sur le sommet de Montmartre, justifie amplement le choix fait par Mgr Leuilleux, en même temps que les fondeurs de cloches de Paris, par les chaleureuses félicitations adressées à leurs confrères d'Annecy, proclament hautement qu'il n'y avait rien d'exagéré dans cet engagement.

## VII. — La SAVOYARDE, son ornementation

Par ce qui précède, il est facile de se convaincre que la *Savoyarde*, soit qu'on la considère dans le *motif* qui l'a fait naître, soit qu'on l'envisage au point de vue de *l'art* et de l'*harmonie*, dépasse de beaucoup tout ce qui a été fait, dans ce genre, jusqu'à ce jour.

— Dans son *motif*, elle est une œuvre de supplication, d'adoration et d'amour, accomplie par tout un peuple qui, avec la Mère Patrie, ne veut désespérer ni de Dieu, ni de lui-même, parce qu'il a mis sa confiance dans le Sacré-Cœur. A ce point de vue la *Savoyarde* sera l'*âme*, la *voix* du monument que la *France pénitente* et *dévouée* dresse sur sa montagne nationale. C'est là qu'elle chantera une hymne sans fin, *per sæcula*, comme elle l'annonce et le promet dans sa belle inscription, et les anges, au Ciel, admireront son cantique.

— Si on la considère au point de vue purement artistique, on demeure ébloui en présence de ce travail aussi harmonieux dans son ensemble que gracieux dans ses détails. On l'a dit avec raison : la *Savoyarde* est un immense bijou, enrichi de dentelles. Vue de loin, on ne sait ce que l'on doit admirer davantage, de la grandeur de ses proportions, de la correction de ses lignes, de la pureté de sa forme, de la grâce de ses contours.

Mais quand, de l'ensemble, on passe aux détails, on est ébloui en présence de tant de dessins, de rinceaux, d'arabesques, si savamment distribués, et si finement rendus. On voit bien que les artistes, exercés à ne faire que des travaux achevés, ont voulu faire du bourdon du Sacré-Cœur *leur chef-d'œuvre*, et y imprimer le cachet de leur génie vraiment chrétien, car il faut du génie pour exécuter une pièce comme *la Savoyarde*.

Nous ne demanderions pas mieux que de donner une idée

aussi complète que possible de la royale parure de cette cloche, mais nous sommes obligés d'avouer que cette tâche, qui irait si bien à un dessinateur de marque, est au-dessus de nos forces. Qu'il nous suffise donc de présenter au lecteur une esquisse rapide, ou plutôt une simple nomenclature des ornements qui la décorent.

1° Au point coudé des anses ou colombettes qui forment comme le diadème de la *Savoyarde*, apparait l'image du Sacré-Cœur, environné d'épines. Ce premier dessin n'est pas autre que le blason même dont parlait saint François de Sales quand, en 1611, écrivant à sainte Jeanne de Chantal, il lui disait : « Dieu m'a fait connaitre que notre Maison de la Visitation est, par sa grâce, assez noble et assez considérable pour avoir droit à ses armes, son blason, sa devise et son cri d'armes. J'ai donc pensé qu'il nous faut prendre pour armes un unique cœur percé de deux flèches, enfermé dans une couronne d'épines. Ce cœur aura une croix placée dans l'enclavure et le surmontera... » On ne pouvait choisir meilleur sujet pour orner le front des colombettes.

2° Sur la plate-forme de la cloche, les artistes ont disposé une frise dans le plus pur style du XIIe siècle. Ce dessin si beau et si bien réussi ne sera aperçu qu'autant que le visiteur se placera au-dessus de la pièce.

3° Autour du cerveau, ou partie arrondie de la cloche, apparait une couronne composée de palmes imitées des palmes grecques, qui enlacent des cœurs, alternant avec elles. Nous laissons le public juge de l'effet produit.

4° Plus bas, comme pour faire appui à la couronne supérieure, court un léger bandeau formé de petites roses juxtaposées. C'est délicat comme un bijou.

5° C'est de ce point que partent les cordons encadrant l'inscription traduisant le motif de l'ex-voto de la Savoie au Sacré-Cœur.

An. · M · D · CCC · LXXX · VIII
Leone · XIII · P. · M.
Qvinqvegenaria · Solemnia · Sacerdotii · svi · agente
Me · Franciscam · Margaritam · a · sacratissimo · corde
Christi · Jesv · nvncvpatam
Clervs · proceres · popvlvs · qve · Sabavdiæ
Præevnte · Francisco · Alberto · Levillievx
archiepiscopo · Camberiensi
cvm · episcopis · provinciæ
ære · collato
dedervnt
pietatis · in · divinvm · cor · monimentvm
vrbi · genti · orbi · vniverso
e · sacro · vertice · ingeminatvram · per · sæcvla
vivat · Jesvs.

« L'an 1888, au cours des solennités du jubilé sacerdotal du Souverain Pontife Léon XIII, moi, Françoise-Marguerite du Sacré-Cœur de Jésus, sur l'initiative de François-Albert Leuilllieux, archevêque de Chambéry, avec le concours des évêques de la province, aux frais commun du clergé, des grands et du peuple de la Savoie, j'ai été offerte en don comme témoignage de piété envers le divin Cœur, pour redire à travers les siècles, du haut de la sainte colline, à la ville, à la nation, au monde entier : Vive Jésus!... »

Cette inscription, vrai modèle du genre, touche à une nouvelle frise que nous n'essayons pas de décrire, mais qu'il faudra voir sur place et de près pour se faire une idée du travail de gravure.

6° Nous arrivons à la partie lisse qui laisse voir : 1° la croix accostée à droite des armes de Sa Sainteté Léon XIII et, à gauche, de celles de Mgr Leuillieux; 2° Notre-Dame de Nyons, rayonnant entre les armes du cardinal Guibert à droite et celles du cardinal Richard à gauche; 3° les armes de Paris, flanquées de l'image de saint Denys à droite et de sainte Geneviève à gauche; 4° les armes de Chambéry avec saint François de Sales à droite et sainte Jeanne de Chantal à gauche. Entre saint François de Sales et les armes du cardinal Richard, on voit saint Anselme, docteur. Entre les armes du cardinal Guibert et sainte Geneviève, on distingue saint Bernard de Menthon avec son costume de l'époque. Entre saint Denys et les armes de Mgr Leuillieux, on aperçoit saint Anthelme de Chignin. Enfin, entre les armes de Sa Sainteté Léon XIII et sainte Jeanne de Chantal, on remarque saint Pierre de Tarentaise. Cette partie de la cloche offre un coup d'œil ravissant.

7° La partie lisse ou ***panse*** de la cloche est fermée au bas par la galerie des blasons. C'est, sans contredit, l'ornement le plus compliqué et, par le fait, le plus riche de la ***Savoyarde***. Le dessin tout entier mesure en hauteur 0 m. 50. Il se compose d'arcades dont les retombées reposent sur trois colonnes groupées. Chaque arcade encadre un des 36 blasons redisant, en leur langage héraldique, toute l'histoire de la noble Savoie venue librement à la France et lui gardant sa fidélité.

Ne pouvant décrire un à un tous ces écus, nous nous contenterons d'en donner les noms. Ce sont ceux de Savoie, d'Aix-les-Bains, du marquis d'Oncieu de la Bathie, de la Métropole de Chambéry, de la famille de Boigne, du Sacré-Cœur de Chambéry, de Prat-Noilly, des RR. PP. Chartreux, de Cluses, du Faucigny, de la Flèchère, de Grésy-sur-Aixe, de Mgr Bouvier, de Moutiers, de Mgr Turinaz, de la Visitation de Rumilly, avec son cri de guerre : È capoé! du Genevois, d'Annecy, de Mgr Isoard, des missionnaires de saint François de Sales, du comte de Menthon, de Saint-Julien, du Chablais, des RR. PP. Oblats de Marie, avec la devise que leur donna leur noble fondateur, Mgr de Mazenod : « Allez évangéliser les pauvres! » de la comtesse Vial de Conflans, de Mgr Rosset, de Saint-Jean de Maurienne, de Notre-Dame de Chambéry, de Mgr Ricard, d'Albertville, des sœurs de Saint-Joseph de Chambéry, de l'abbé Naville et du comte Henri de Montbron, de Coussac-Bonneval, qui a donné le chêne superbe avec lequel on a fait la hune qui porte fièrement la *Savoyarde* et la couronne aujourd'hui sur le sommet de la colline.

On le voit, toutes les provinces qui composent l'ancien duché de Savoie sont représentées sur la *Savoyarde*, qui est avant tout l'œuvre, nous disons mieux, l'*hommage*, non de quelques privilégiés de la fortune, mais d'un peuple entier.

Cette guirlande se complète à sa base par deux détails qui ne devaient pas être omis : 1° les 15 dizaines du T. S. Rosaire distribuées en festons tout le long du dessin; 2° les noms des Membres du Comité du Vœu National vivant à la date de 1890, époque de la composition de la fausse cloche.

Voici les noms : M. l'abbé Pelgé; R. P. Voirin O. M. I.; MM. Th. Dauchez; Legentil; H. Rohault de Fleury; Catillon : baron Camille de Baulny; général baron de Charette; Chesnelong, sénateur; Michel Cornudet; Descotes; vice-amiral marquis Gicquel des Touches; Hemar; Keller; comte de Lambel; E. de Margerie; Merveilleux du Vignaux; de Mont de Benque; Musnier de Pleignes; Pagès; Ferdinand Riant; vice-amiral Ribourt; marquis de Ségur; Beluze; Baudon.

Enfin, pour achever cette simple énumération, nous ferons remarquer qu'entre la *batterie* et la *pince* court une frise de 0 m. 15 de haut, composée de feuillages, contenant de distance en distance une croix rayonnante et nimbée.

Cet aperçu, si incomplet qu'il soit, suffira à donner une idée de l'heureuse disposition des motifs d'ornementation qui font de la *Savoyarde* la plus belle cloche du monde *au point de vue décoratif*. Pour s'en convaincre, il n'y a qu'à voir la gravure qui la représente debout après son *lavage*.

## VIII. — Le poids — La note — Les dimensions

## La suspension

Maintenant que nous connaissons la *Savoyarde*, dans ses détails et son ensemble, il nous reste à connaitre son *poids*, sa *note* et son mode de *suspension*.

1° Son poids. Ce n'était pas une petite affaire que celle d'avoir le poids exact d'un pareil morceau de bronze. Où trouver, en effet, une balance assez forte pour tenter une expérience comme celle-là? On finit cependant par en découvrir une, dite *romaine* en l'air, de la force, disait-on, de 20.000 kilos? Mais c'était visiblement lui demander plus qu'elle ne pouvait porter. Aussi oscilla-t-elle entre 16.700 et 18.000 kilos.

Le poids exact de la cloche *nue* ne devait être connu que lorsque l'on aurait à son service une bascule faite pour des pièces de ce calibre. La gare des marchandises de La Chapelle était largement pourvue pour donner pleine satisfaction au public, à l'endroit de la *Savoyarde*. La veille de son départ pour Montmartre, elle fut donc amenée sur une bascule de réserve, et, en présence des témoins dont les noms figurent au procès-verbal rédigé pour la circonstance, il fut constaté que la cloche, *à elle seule*, pèse 18.835 kilos, le battant 850 kilos. la hune avec les armatures 6,530, ce qui fait un total de 26.215 kilos.

Encore un peu, et Mgr Rosset qui voulait 20.000 kilos, était pleinement exaucé. C'est ici le lieu de rendre à MM. Paccard un hommage bien mérité. Ils n'ont voulu accepter et n'ont en réalité reçu que le prix *brut* du métal employé pour exécuter ce magnifique travail. Avec une générosité pleine de grandeur, ils ont dépassé à *dessein* le poids de 16.000 kilos en vue d'obtenir une note à la fois plus ***forte*** et plus ***moelleuse*** et rendre en même temps la cloche elle-même plus ***solide***. « Tant pis, ont-ils dit, pour le surplus ; nous offrons notre art, notre travail au Sacré-Cœur, c'est notre part dans l'ex-voto que la Savoie veut offrir au sanctuaire du Vœu National. »

2° Aujourd'hui que tout est fini et que la cloche, suspendue à sa hune, repose sur son beffroi provisoire, il est reconnu par les artistes qu'elle donne, d'une voix majestueuse et pure, l'***ut grave*** que les fondeurs avaient garanti d'avance dans leurs conventions. De même, il a été constaté qu'après un coup de battant elle maintient sa note harmonieuse pendant 7 minutes. Il est permis de conjecturer qu'avec le temps elle gagnera encore.

3° Les dimensions de la ***Savoyarde*** sont exactement les suivantes : Hauteur totale, 3 m. 6 ; diamètre, 3 m. 4 ; circonférence, 9 m. 60 ; longueur du battant, 2 m. 60.

4° Enfin rien n'a été négligé pour faire de l'ex-voto de la Savoie un ***tout complet*** et ***achevé***. Aussi il n'y a pas jusqu'au mode de suspension qui ne mérite de fixer l'attention. Pour mettre la ***Savoyarde*** en branle sans ***secousse***, et la tenir en volée avec le moins de développement de force possible, les fondeurs ont imaginé un système de suspension d'un type entièrement nouveau et breveté S. G. D. G. sous dénomination : à ***double*** étrier. En même temps qu'il garantit toutes les conditions de solidité désirable, ce système assure encore l'incontestable avantage de pouvoir balancer la ***Savoyarde*** avec une très grande facilité et sans frais d'entretien. On peut affirmer qu'avec ce mécanisme le frottement est sinon détruit, du moins rendu presque imperceptible. C'est ce qu'ont déclaré et reconnu théoriquement tous les ingénieurs qui en ont pris connaissance.

## IX. — La SAVOYARDE comparée aux plus célèbres bourdons

Nous ne voulons pas terminer cette notice sans mettre la *Savoyarde* en comparaison avec les plus grands bourdons qui ont existé ou qui existent encore.

Mais nous commencerons par faire obseaver qu'il n'y a rien de moins exact que le poids attribué à certains bourdons par l'imagination du vulgaire. Sans en chercher la raison, nous pensons que ce qui aurait pu contribuer à cette exagération, c'est qu'ils ont été faits à des époques où il n'était question que de la *livre* et non pas du kilo. Or, la livre d'alors n'était que le tiers du kilogramme, au lieu de la moitié.

C'est pour n'avoir pas tenu compte de cette différence que l'on a donné à certains bourdons tout juste le tiers de plus qu'ils ne pèsent en réalité.

L'application en est facile à faire pour le bourdon de Notre-Dame de Paris, que l'on dit peser 18.000 kilos, parce que dans les vieilles Archives on a découvert 36.000 livres. Que l'on prenne le *tiers* et non la *moitié* de ce chiffre et l'on aura très approximativement le poids qu'il ne doit pas dépasser, c'est-à-dire 12.000 kilos; c'est du reste tout ce qu'il peut avoir d'après son diamètre qui est de 2 m. 70.

Ces réserves faites, en se basant sur les diamètres, c'est à la Russie que revient l'honneur d'avoir les plus grandes cloches.

Au couvent de la Trinité, près de Moscou, il y en a une qui mesure 13 pieds 9 pouces dans sa plus grande largeur. Mais est-il bien sûr qu'elle pèse, comme on le dit, 67 083 kilos, puisque, toujours à Moscou, il y en a une autre qui mesure 18 pieds de diamètre et qui se *contenterait* de peser seulement 65.000, tandis que la précédente, bien inférieure par le diamètre, serait du poids de 67.000 et plus?

En tout cas, ces deux énormes pièces ne seraient encore que des cloches en comparaison de la fameuse ***Impératrice***, qui mesure 22 pieds 5 pouces de diamètre.

Mais étrange destinée! depuis qu'elle est faite, elle repose sur un piédestal, comme une motte inerte, sans qu'elle ait jamais mêlé sa voix aux concerts de la terre.

Après la Russie, c'est à l'Allemagne que revient l'honneur de posséder le plus grand bourdon.

Chacun sait que l'empereur Guillaume a voulu éterniser le souvenir de ses victoires sur la France par un monument destiné à la cathédrale de Cologne. Dans ce but, il a fait fondre une cloche dite : l'***Impériale***, du poids de 28.000 kilos, avec le métal des canons pris aux Français pendant la désastreuse guerre de 1870.

Mais ironie du sort, pour ne rien dire de plus, la malencontreuse cloche a refusé jusqu'ici de donner le son attendu, et le peuple, à cause de cela, l'a nommée la ***Muette*** de Cologne. On a eu beau tenter des essais, la ***grande Taciturne***, comme l'a appelée la ***Gazette de Cologne***, s'est montrée et se montre encore revêche. En vain 32 gros artilleurs, sous la conduite d'habiles techniciens, ont été requis pour la mettre en branle, la ***Muette*** n'a rien voulu dire et la foule moqueuse, qui attendait le résultat de l'opération, s'en est allée en chantant le refrain suivant :

Vaillants sonneurs, tirez les cordes,
Tirez plus fort, plus fort encor.

Mais, abstraction faite de leurs dimensions, que reste-t-il de ces cloches? Elles sont totalement dépourvues d'ornements. Ce qui est pire : elles sont défectueuses soit par le côté de la ***forme***, soit par celui de la ***tonalité***. Celles de Russie sont d'un évasement disgracieux et rendent des sons détestables, comme on peut s'en convaincre par celle qui a été prise au siège de Sébastopol et placée à Notre-Dame de Paris.

Celle de Cologne coulée exprès pour insulter aux malheurs d'une grande nation, vaut moins encore, puisqu'elle est faite avec un métal qui n'est pas celui de la cloche. Puis, pourquoi ne le dirait-on pas? Elle a un *vice d'origine*. Elle est née protestante, tandis que la vraie cloche est d'origine catholique. A ce titre, elle n'admet pas les dissonances de doctrine; elle ne se prête pas aux altérations du dogme : née catholique, il lui plaît de rester catholique.

Réduite à ses vraies proportions, la *Muette* de Cologne signifie peu de chose et nous. Français, nous ne le regrettons pas.

C'est donc à la France qu'est réservé l'honneur d'avoir les vrais bourdons répondant à leur destination et ayant un *tracé* qui permette de tirer du métal le meilleur parti possible.

Parmi ces bourdons, voici les plus renommés :

1° L'*Emmanuel* de Notre-Dame de Paris, qui a un diamètre de 2 m. 70, sur une hauteur totale de 2 m. 60, ce qui lui donne au maximum 12.000 kilos de poids;

2° La *Savinienne* de Sens, qui mesure 2 m. 60 de diamètre, sur une hauteur de 2 m. 74, ce qui lui vaut un poids ne dépassant pas, quoi qu'on en dise, 11.000 kilos.

3° La cloche du beffroi d'Amiens mesure 2 m. 38 de diamètre et pèse 11.000 kilos; elle a été fondue en 1748, le 8 août, dans la cour de l'évêché et bénite le 20 du même mois sous le nom de Marie Firmine, c'est, croyons-nous, la plus grosse cloche communale qui existe.

Ce sont les plus grands bourdons qui aient existé jusqu'à ce jour en France. Après eux, viennent la *Charlotte* de Reims, de 2 m. 50 de diamètre et d'un poids maximum de 9.500 kilos; le bourdon de Notre-Dame de la Garde, de 8.000 kilos; la *Potentienne* de Sens de 2 m. 34 de diamètre sur 2 m. 16 de hauteur, du poids de 8.000 kilos au plus. Or, la *Savoyarde* mesure exactement :

1° En hauteur.... .................. 3m 06
2° En largeur.................... 3m 04

Elle est donc la plus grosse cloche de France, puisqu'elle pourrait servir d'enveloppe ou de chape à la plus grande de toutes.

En outre, nous ferons remarquer que, parmi tous ces bourdons, qui ont cependant de la valeur, il n'en est aucun qui donne la note correspondante à son poids, mais qu'ils rendent ce que l'on appelle des notes de ***hasard***. La ***Savoyarde*** seule a la gloire de donner sa note ***précise***, correspondant à son poids, et annoncée à l'*avance*, sans que l'on ait eu à toucher à sa surface. Eclatante comme un bijou à l'extérieur, elle est restée noire à l'intérieur, parce qu'on se serait bien gardé de lui donner un coup de lime.

Si à tous ces titres incontestables nous ajoutons l'ornementation dont les anciens bourdons sont totalement dépourvus et qui fait de la ***Savoyarde*** une dentelle de bronze par son côté extérieur, on est en droit de conclure qu'elle est, à tous les points de vue, la plus belle cloche qui ait été faite jusqu'à ce jour. Elle est la plus grande, la plus riche, la plus harmonieuse qui existe en France. Elle est la reine des cloches du monde. Mous ne pouvons que nous en réjouir : c'est la Cloche du Sacré-Cœur.

# PROCÈS-VERBAL

DE

# L'ARRIVÉE DE LA SAVOYARDE

L'An mil huit cent quatre-vingt-quinze, le quinze octobre, à trois heures de l'après-midi, en la fête de sainte Thérèse, se sont réunis à la gare des marchandises de La Chapelle-Paris pour prendre livraison de la *Savoyarde* expédiée par MM. Paccard, fondeurs à Annecy-le-Vieux, et arrivée le jour même à la gare : Le R. P. Lemius, supérieur des chapelains de la Basilique de Montmartre, accompagné des Révérends Pères Delpeuch, Pelissier et Besson, Oblats de Marie Immaculée; MM. Rohault de Fleury, secrétaire général de l'œuvre du Vœu National, La Caille, trésorier de l'œuvre, délégués du Comité, assistés de MM. Rauline, architecte de la Basilique; Chaux, vérificateur; Moreau, sous-inspecteur, et de Maupassant, lesquels en présence de MM. Georges et Francisque Paccard, fondeurs :

Ont procédé à la réception, à la pesée et au transbordement de ladite Cloche par les soins du personnel de la gare et des charpentiers de l'œuvre.

Les susnommés ont d'abord reconnu le parfait état de la cloche, ils ont ensuite assisté aux différentes constatations nécessitées par l'écart existant entre le poids déclaré par MM. Paccard à la Compagnie du chemin de fer et celui résultant de la pesée faite au moment de l'arrivée par les employés de la gare.

Il est résulté de ces vérifications que la cloche pèse 18.835 kilos, défalcation faite du poids du wagon et de celui des accessoires, le battant 850 kilos, la hune et les armatures 6.530 kilos, ce qui fait un total de 26.215 kilos.

Ces opérations préliminaires achevées, le wagon supportant la cloche a été amené sous une des grandes grues de la gare; près de lui était le camion spécial fourni par M. Magnin, entrepreneur de transports; les élingues ayant été ensuite passées dans les oreilles de la cloche et le crochet de la grue, et le chef mécanicien ayant ordonné la mise en marche, la cloche s'est élevée lentement aux applaudissements de la foule qui avait envahi la gare et, quelques minutes après, a été déposée sans encombre sur le camion destiné à la recevoir.

Et à six heures du soir, tout étant terminé, les soussignés se sont retirés et ont dressé du tout le procès-verbal signé par chacun d'eux.

Fait à Paris, le 15 octobre 1895.

*Ont signé :* J.-B. Lemius, Rohault de Fleury, La Caille, Chaux et Moreau, Pélissier, Delpeuch, Besson.

Ajoutons qu'au moment où la cloche fut suspendue à la grue, elle fut tintée au moyen d'un madrier, et on comprit aussitôt que l'on entendrait bientôt une voix nouvelle, immense, mystérieuse et joyeuse, qui s'étendrait sur Paris et bien loin à l'horizon.

Le lendemain, les mesures si bien prises de la veille permirent de donner le signal du départ de la gare dès 3 h. 40, comme il est constaté par le procès-verbal ci-joint :

Les 16 octobre 1895, en la vigile de la Bienheureuse Marguerite-Marie, nous, soussignés : J.-B. Lemius, oblat de Marie Immaculée, supérieur des chapelains de la Basilique de Montmartre, accompagné des Révérends Pères Delpeuch et Besson, chapelains de ladite Basilique du Vœu National, nous sommes transportés à trois heures et demie du matin à la gare des marchandises de La Chapelle où se trouvaient déjà réunis M. le Chef de gare et ses sous-chefs; MM. Paccard, fondeurs à Annecy-le-Vieux; M. Magnin, entrepreneur de transports; M. Rauline, architecte de la Basilique, etc.

Nous avons ensuite assisté au départ ordonné pour quatre heures du matin (délai extrême indiqué par la Préfecture de Police et effectué à 3 heures 40), du camion supportant la *Savoyarde*, et, par les rues de La Chapelle, du Faubourg-Saint-Denis, Lafayette, Magenta, Barbès, Ordener, Damrémont et Lamarck, nous sommes arrivés à 6 heures un quart devant le portail principal de la Basilique.

Le camion était traîné par 28 chevaux et accompagné par plusieurs brigades de gardiens de la paix, conduites par l'officier de paix de l'arrondissement.

Reçu par le Révérend Père supérieur et les chapelains du Vœu National, MM. Rohault de Fleury, secrétaire général, et La Caille, trésorier de l'œuvre, délégués du Comité, le camion a été immédiatement transporté dans l'enceinte du chantier.

Les personnes présentes, en tête desquelles M. le Curé et les vicaires de Saint-Pierre de Montmartre, ainsi que les chapelains, se sont fait un honneur de haler sur les moufles et les treuils qui faisaient mouvoir la cloche pour la hisser sur la charpente destinée à la recevoir provisoirement.

L'opération était terminée à 10 heures du matin.

Fait à Paris, le 16 octobre 1895.

*Ont signé :* J.-B. Lemius, Rohault de Fleury, La Caille et Rauline, Chaux, Moreaux, Maupassant, Delpeuch, Pélissier, Besson.

Ajoutons quelques détails à ce procès-verbal officiel :

Dès que l'équipage débouche au dehors de la gare, un cortège fort original s'improvise autour du chariot. Vingt-quatre hommes portant des torches éclairent la marche. Malgré l'heure si matinale, la foule s'est bientôt assemblée. Elle est, nous le répétons, on ne peut plus sympathique, elle admire en l'accompagnant la *Savoyarde* qui avance à grands pas et qui, débarrassée de toute enveloppe, brille à la lumière des torches, puis aux premiers rayons du soleil.

En moins de temps qu'on n'osait l'espérer, le cortège a franchi la rue de La Chapelle, la rue Lafayette, le boulevard Magenta, et l'immense attelage (28 chevaux percherons) a traîné allégrement son noble fardeau jusqu'à l'entrée de la rue Ordener.

Là, l'équipage s'arrête dix minutes environ pour *respirer un peu*. Puis un vigoureux coup de fouet retentit, souligné par les bravos de la foule. La *Savoyarde* s'ébranle de nouveau, elle avance toujours à grands pas, comme portée sur les épaules du peuple qui remplit les trottoirs et une partie de la chaussée. A distance suffisante, l'illusion devait être complète.

Nouvel arrêt à l'entrée de la rue Damrémont. Ici, la manœuvre se compliquait, à cause de l'étroitesse de la rue elle-même et du faible rayon de son contour. Néanmoins les conducteurs s'en tirent avec honneur et on commence l'ascension de la colline.

Les chevaux ne paraissent nullement fatigués, ils conservent invariablement leur allure rapide.

On les arrête néanmoins au carrefour de la rue Caulaincourt et de la rue de Lamarck.

Pendant ce temps, d'en haut comme d'en bas, la foule se presse. Deux courants de curieux se réunissent et couvrent tout l'espace libre, à tel point qu'on n'aperçoit plus ni chariot ni chevaux, mais la *Savoyarde* seule dominant ce flot humain.

Dans des conditions de ce genre, un accident était inévitable, humainement parlant. Mais, par une protection visible de la bonne Providence, pas plus à Paris, jusqu'au dernier moment, qu'à Annecy, au début et au cours du transport, il n'y a eu le plus léger désagrément à déplorer.

Enfin, nous sommes arrivés à notre dernière étape, la plus

forte de toutes. Les chevaux reposés partent avec un ensemble merveilleux. Le pas ne suffit plus, ils prennent le grand trot. Les spectateurs applaudissent. L'émotion monte à son comble. Des yeux et du cœur, on suit la cloche qui semble prendre la colline d'assaut, en volant au-dessus de la foule, pour aller fièrement se placer en face du portail, devant l'image du Sacré-Cœur dont elle va être la *voix*. On eût dit que les deux bras de la grande statue de façade s'abaissaient en s'élargissant pour la recevoir. Cet instant a été vraiment solennel.

Il restait maintenant à faire entrer le chariot dans le chantier. Quelques chevaux ont suffi pour le faire retourner et le mettre bien en face du plan incliné sur lequel la cloche devra être hissée.

Ce travail fini, une grande difficulté se présentait. Il fallait enlever la cloche du chariot qui l'avait amenée et la poser sur le chemin préparé à cet effet; la besogne était considérable. Néanmoins, on en vint vite à bout, à force de cries et de leviers. Cela fait, une grande corde tendue par le treuil vint prendre la cloche comme par la taille. En même temps, deux palans puissants halent le cadre qui la porte. M. Rauline, architecte de la Basilique, et M. Martin, entrepreneur, dirigent la manœuvre. Tous les ouvriers du chantier tirent les cordes. L'importance de l'effort à fournir excite chez beaucoup de spectateurs le désir de se mettre de la partie. On voit des prêtres, des religieux, des pèlerins tirer aux palans. Ainsi, un certain nombre de chapelains, M. le Curé de Saint-Pierre et plusieurs de ses vicaires, M. de Cormont, chanoine de la Métropole, ne craignent pas de saisir les cordes et de se mettre à la peine.

Sur le chantier, on remarque également M. Rohault de Fleury, M. La Caille et d'autres membres du Comité du Vœu National. Le T. R. P. Soulier, supérieur général des Oblats, est présent depuis la première heure, accompagné d'un de ses assistants généraux, le R. P. Augier, et de plusieurs autres Pères.

L'Archevêché était représenté par M. l'abbé Audollent, secrétaire.

Parmi les incidents qui se sont produits, nous devons citer celui-ci ; des ouvriers des environs, se rendant à leur travail, sont venus gentiment offrir de « *donner un coup de main* » et quelques-uns ont même exprimé ce désir avec une vivacité bien touchante.

Notons encore que la petite cloche qui se trouve depuis trois ans à Montmartre et qui a été offerte en hommage de piété par M. Jos ph Paccard fils, faisant *son coup d'essai* comme fondeur, a tressailli dans sa cage, à l'arrivée de sa grande sœur aînée. Pendant un quart d'heure elle lui a chanté son plus joyeux accueil.

A côté de ces incidents, il est une coïncidence bien autrement touchante et que nous tenons à signaler : la *Savoyarde* est arrivée au haut de la butte, sur le terre-plein de la Basilique, juste au moment où l'on sonnait les premières vêpres de la fête de la Bienheureuse Marguerite-Marie. Sept ans auparavant, à la même heure, jour pour jour, l'Archevêque de Chambéry, entouré de ses vicaires généraux et de quelques intimes, signait avec MM. Paccard la commande de cette cloche. C'est tout bonnement merveilleux [1].

En résumé, la *Savoyarde* a fait à Montmartre l'ascension magnifigue qu'elle méritait. Partie aux applaudissements des habitants d'Annecy, elle a été comme portée en triomphe et acclamée par ceux de Paris.

1. Cette circonstance est vraiment remarquable. Car c'est au mois de mai que Son Eminence le Cardinal de Paris demanda à Monseigneur l'Archevêque de Chambéry d'expédier la cloche depuis si longtemps annoncée; et les circonstances amenant, malgré la meilleure bonne volonté, des retards successifs ont fait que la *Savoyarde*, dite *Françoise-Marguerite* n'a pu arriver au seuil de la basilique qu'aux premières vêpres de la Bienheureuse.

Paris. — Imp. DEVALOIS, avenue du Maine, 144.

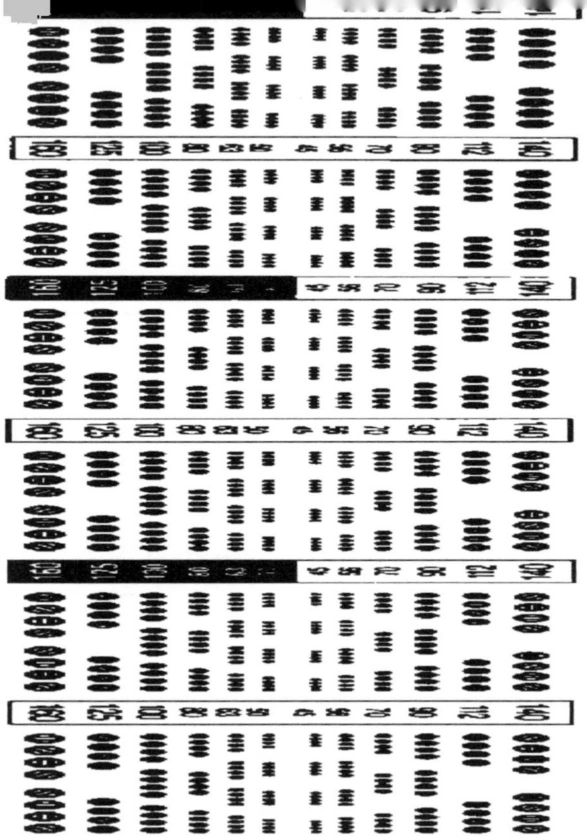

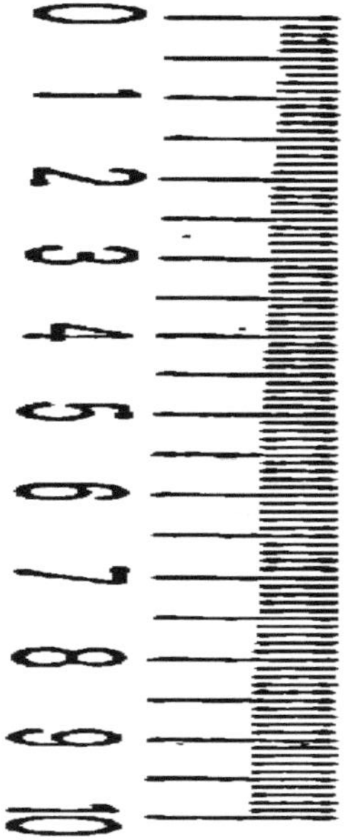

**MIRE ISO N° 1**

NF Z 43-007

**AFNOR**

Cedex 7 - 92080 PARIS-LA-DÉFENSE

www.ingramcontent.com/pod-product-compliance
Ingram Content Group UK Ltd.
Pitfield, Milton Keynes, MK11 3LW, UK
UKHW020959180726
13838UKWH00003B/1397